Sonya
ソーニャ文庫

復讐の獣は愛に焦がれる

青井千寿

イースト・プレス

contents

プロローグ

この悪夢を望んだのは彼自身だった。

「お願い……助けて……」

エルガーは聞くまいとするが、人間よりも聴力が優れている獣人の彼が、その嗚咽《おえつ》交じりの声を無視できるはずもない。

敷布が擦れる音に交じる切ない息遣いまで、彼の獣耳は聞き取っていた。

弟のジュゼに四肢を押さえつけられ、豹型獣人特有の細く長い尻尾で肢体を撫《な》で回されてもなお彼女は抵抗を試みる。

しかしか弱い人間の女など、獣化が進んだ男の前では圧倒的な力の差を思い知らされるだけだ。

できることといえば懇願ぐらいだった。

「うぅっ……やめ、やめて……」

彼女が首を左右に振ると、艶やかな髪が甘く薫った。

エルガーはその香りに導かれるように二人が絡み合う寝台に近づくと、女の黒髪を鋭く伸びた爪で撫でる。

これは本当に自分の望んだことだったのか？　弟と共にこの女を犯せば、己を蝕《むしば》んでいる怨嗟《えんさ》の闇から抜け出せると本気で思ったのか？

いや、分かっていた。憎しみを憎しみで塗りつぶすことなどできない。

――俺は道連れがほしかったのだ。

そう気づいた刹那、無邪気に自分を追いかけてきた幼い少女の姿が脳裏をよぎる。

いつだってあの天真爛漫《らんまん》な輝きに触れてみたかった。

「逃がすことはできない。共に地獄に堕ちるんだ」

エルガーは自分に言い聞かせるようにそう言って、弟に目配せをする。

ジュゼは兄の視線を受け止めると小さく笑った。

「三人で堕ちよう。三人で……苦しみ続けるんだ」

兄の言葉を引き継いだ彼は、豹型獣人特有の陰茎で彼女の内側をじゅくじゅくと犯していく。

第一章　狩られた花嫁

硝子《ガラス》の嵌《は》まった窓を少し開け、そこから手を伸ばすと、雨がアリアの指を濡らした。

冬の雨は冷たい。

それでもアリアは皮膚に感じるその冷たさに、己の感覚がまだ確かであることを知って安堵する。

朝から暖炉に火が入れられた部屋はどろりと生暖かく、彼女の意識を鈍くさせていた。

アリアが朽葉色《くちばいろ》の瞳を向ける先にはティルマティ家の広大な庭があり、その庭の境界線にある塀の向こうにはガラクタ箱をひっくり返したような街並みが続いている。

戸外で働く者たちにとっては歓迎されない天気だと分かっているものの、知らぬ彼らとこの空を共有しているのだと思うと何だか嬉しい。

アリア・ティルマティは齢《よわい》十九にもなろうというのに、七歳を越えたあたりから数えるほどしか屋敷の外に出たことがない。

外出に耐えられないくらい病弱だとか、他者と関わるのが苦手であるというわけではない。

彼女の実父であるゴア・ティルマティが娘の外出を制限しているのだ。

アリアが思春期を迎えた頃からその傾向はいっそう強くなり、ここ数年の外出は年に一度の豊穣祭《ほうじょうさい》の時に限られていた。

豊穣祭では上流階級の未婚女性に果実などの供物を捧げる役が与えられており、アリアも毎年その儀式に参加していた。とはいっても、輿《こし》に乗って神殿に参拝し、供物を捧げ持って神殿内を何往復かするという簡単な作業を終えたのち、祭の賑わいを楽しむ人々を背にまた輿に乗って真っ直ぐ屋敷に帰るという単調なものだった。

『街には野蛮な肉食系獣人たちがいる。わざわざ危険な目に遭いに行く必要はない』

何度聞いたか分からない父親の言い分は、もうすっかりアリアの耳奥に張りついている。

彼が言うように肉食系獣人が本当に野蛮なのか、市井《しせい》で暮らす彼らは近づけないほど危険なのか、判断できる術《すべ》はない。

妻を――アリアの実母を――狼型獣人に殺された父が僻見《へきけん》をいだいているのは仕方がないと、アリアは自分に言い聞かせてはいたが、それでもやはり塀の向こうにある世界を知りたかった。

しかしいくら理性的に話し合いを重ねようと、反対に泣いて叫んで反抗しようと、時には無断で抜け出そうとしても、監視はさらに厳しくなるばかりで、つかの間の自由さえ与えられたことはなかった。

（雨に濡れて風邪をひいたら、少しでも生きている感覚がするのかもしれない……）

すっかり濡れて冷たくなった手を握りしめ、アリアは雨空のように曇っていく精神を自覚する。

最近は自室でぼんやりと過ごすことが増えた。

許されている敷地内の散歩にも、趣味の読書にも興味が持てず、食事さえも億劫になってきている。

窓から見える景色は四季の移ろいだけを知らせ、話し相手といえば父親か側仕えの侍女たちのみ。しかもアリアが外の世界に興味を持たないよう、会話の内容は制限されていた。

十年以上続いている穏やかな監禁は、彼女の精神をじわじわと蝕《むしば》んでいる。

アリアは窓を閉めると寝台に横になった。高まっていく湿度が体を重くさせていた。

雨音に耳を澄ますと、階下から父親の声が聞こえてくる。

（また……）

怒鳴り声だった。

すっかり聞き慣れてしまったそれを耳に入れまいと、アリアは上掛けを頭まですっぽりと被った。

近頃のゴア・ティルマティはすこぶる機嫌が悪い。

ティルマティ家は名門貴族で、所有地には炭鉱を有し、投資事業も盛んに行っている。

それがここ何年か事故や予想外の変事続きで、上手くいっていないのだ。

炭鉱では火災が発生し、幸い労働者のいない時間帯で人的被害はなかったものの、いまだに作業が再開できずにいる。

投資をした船舶会社の船が消息を絶ったことも一度や二度ではない。

土地を貸している住民が、地代を延滞したまま逃げることも多くなった。

収入の激減に対応するためゴアは屋敷の使用人をかなり減らしたのだが、家政が滞るという当然の結果となり、それが彼をいっそう苛立たせているのだ。

(お父様、あんなにもきつく使用人たちに当たらなくてもいいのに……)

誰かが怒鳴られているのを聞くにつけアリアはそう思うのだが、もうそのことについて意見する気力もなかった。

元来、アリアは自分の意見をきちんと言葉にできる性格だった。興味のあることや嫌なことを言葉にして伝え、それを続行する行動力とてあったのだ。

しかし長期間にわたり自分の言葉を無視され続けた結果、そういった気質やキラキラとした眩いほどの好奇心、快活さまでもが消えてしまった。

階下での怒鳴り声が収まったかと思うと、今度は廊下を激しく踏み鳴らす足音がアリアの耳に届いた。

父親が自分の部屋に向かってくるのを察して、彼女の体は反射的に強張った。

「アリア……寝てるのかい？」

ノックもなしに部屋の扉が開けられたかと思うと、太い猫なで声が頭上で響いた。

アリアは上掛けのなかで体を丸めて狸寝入りを決め込んだが、ゴアは遠慮なしに寝台に腰かけると上掛けをそっと持ち上げ、娘の白い手に自分の岩のような手を重ねた。

これ以上は触られたくない――そんな警戒心がアリアの体と心をさらに強張らせる。

彼女の気持ちを知ってか知らずか、ゴアは強く娘の手を握り、愛おしげに自分の胸に押し当てる。

「アリア、聞いておくれ。今朝、お前にとって大切なことを決めたんだ」

ゴアの声はあくまで優しい。

彼はいつもそうだった。

使用人や商人には尊大な態度を崩さないが、一人娘だけは女王のように扱う。

妻を喪《うしな》った彼にとってアリアは大切な忘れ形見で、何ものにも代えがたい存在なのだ。だからといって彼女の意思が尊重されることはないのだが。

「王族のアンシャル・ロンシャール・カナンシャ様がお前を妻にと望んでいらっしゃる。前々から何度も話はあったが、お断りしてきたんだ。なにせお前は大切な娘だからな……しかし決めたよ」

「私は……結婚するのですか？」

アリアは思わず体を起こして父親を凝視した。

以前から侍女たちがそのような噂話をしていたが、実現することは永遠にないだろうと考えていたのだ。いくら年頃になろうと、またその齢を過ぎようと、父が自分を手放すことはないと……。

実際のところ、五年ほど前からアリアには多くの縁談があった。

ほとんど外出することのない彼女だが、それゆえに神秘的な魅力も加わって、容姿の素晴らしさは市井の噂となっている。

事実、アリアは美しい娘だった。

母譲りの艶《つや》やかな黒髪。緩やかな川の流れのようにカールしたその髪は彼女の白い肌を引き立たせている。ふっくらとした唇と、光によって濃淡が変わる茶色い瞳も彼女の魅力の一つといえるだろう。

年に一度の豊穣祭では一目その姿を見ようと、老いも若きも関係なく彼女の乗る輿を追いかけるものだから、ひどい混雑になるほどである。

「アリア、結婚は不安だろうが心配することはない。アンヤル様は亡くなった前妻とのあいだにすでに三人のご子息がいらっしゃる。望まれているのは社交の時に同伴できる伴侶だ。だから社交の季節以外はお前をここに帰すと約束して下さった」

そう言って娘を見るゴアの目は、光を反射することなく泥のように濁っていた。

昔は生き生きと輝いていた瞳だが、妻リディカを喪ったあの日から、彼は未来を見る光を失っている。

「分かりました……結婚の件はお父様にお任せいたします」

しばらく考えたあと、アリアはそれだけを伝えて二重の薄い瞼《まぶた》を閉じた。

結婚に伴い、この屋敷から外界へ出ることができるというのは彼女にとって純粋な喜びだった。

ただ、一年のうちわずか四ヶ月ほどしかない社交の季節以外は実家に戻されるという結婚生活など一聞しただけでも異様であり、父親がそのような条件をつけてアリアの結婚を進めたことは想像に難くなかった。

つまりゴアは娘を完全に手放すつもりはなく、結婚相手もそれを承諾しているということである。

（自分は貸し出されるだけ……）

聡い彼女はその事実にすぐに気がつき、小さな希望の灯《ともしび》を自分で吹き消した。

アリアの想像した通り、ゴア・ティルマティは娘の結婚についてかなり慎重に、狡猾《こうかつ》とさえ言える方法で相手を選び出していた。

元来はいくら結婚の申し込みがあろうとも、彼は喪った妻に生き写しである娘を嫁にやるつもりなどなかったのだ。

その考えを覆さざるを得なかったのは、ティルマティ家が経済的に困窮してきたことにあった。

なかでも火災の発生した鉱山を再開するにはかなりの予算が必要で、かといって大きな収入源だったそこを放っておくわけにもいかず、何かしらの方法で金を集める必要に迫られていた。

苦渋の決断ではあったが、ゴアは経済的援助と引き換えに以前からアリアに求婚していたアンヤル・ロンシャール・カナンシャの願いを聞き入れることにしたのである。

金持ちの求婚者なら彼の他にもいた。

しかしゴアのお眼鏡にかなったのはアンヤルだけだった。

四十二歳になるアンヤルは、病死した前妻とのあいだに三人の息子を持ち、愛人とのあいだには非嫡出子も存在する。これ以上の子供を望んではいない彼が結婚を望んだのは、ひとえに強い自己顕示欲からだった。

先王の甥であるアンヤルは一族のなかでも派手好きで、社交界で注目され目立つことを喜びとしている。

彼の最近の自慢は、陽光の強さで色を変える珍しい宝石だ。

高価で、美しく、珍しいものを身に纏《まと》うことで自分の価値も上がる。そう考える彼だから、アリアをほしがった。彼女を手に入れれば誰もが羨むだろうと。

その短絡的な望みは、ゴアの希望と上手く合致した。

なにせ肉欲を満たすための相手には事欠かないアンヤルは、正妻は宝石として静かに輝いてさえいればいい、嫉妬に狂って口やかましくなるくらいなら、離れて暮らす方が都合がいいとさえ考えていたのだから。

――なんでも北の国からやってきた踊り子が、奥方然として振る舞っているとか。

――ご本人は焼き菓子に目がないそうで、ここ数年でずいぶんお太りになられたみたいですよ。

──宮殿で働く者たちは、アンヤル様が酔っ払って宮殿の噴水に落ちた回数を数えているそうです。

口さがない侍女たちは、ゴアが娘に伝えなかったアンヤルの実像を楽しそうに、そして意地悪く語った。

家計が傾いて以来、ティルマティ家の下働きたちは安く雇える経験の浅い者ばかりに入れ替えられていたので、当主の目の届かないところで品行が乱れるのも当然だった。

とはいえ、アリアは夫となる人のよからぬ噂話を耳にしても絶望などしなかった。

正確に言えば、最初から期待をしていなかったから絶望もしなかったのだ。

実際にアンヤル本人が挨拶にやってきた時も、ふくよかな体型を煌《きら》びやかな服装で飾る姿や、大きな目をぎょろぎょろさせて絶え間なくお喋りをする様子を見て、図鑑のなかのオウムみたいだと面白くなったほどである。

事実、アンヤルは悪人ではない。

高貴な身分に生まれ、苦労知らずの人生に少々飽きつつも、彼なりに謳歌《おうか》してきた。

浅知恵ではあるがその分腹黒い部分も少なく、深い愛情などを求めなければそれなりの夫婦関係を結んでいける相手といえよう。

父によって決められていく人生をアリアは他人事のように受け入れ、春の終わりに花嫁となった。

◇　◇　◇

「お前の晴れ姿を母さんにも見せたかったよ。カナンシャ王国で一番、いや、世界で一番美しい花嫁だ」

豪華な衣装を纏った娘を見て、ゴア・ティルマティは目に涙を浮かべた。

深紅の絹地に金の刺繍がびっしりと施されたそれは、佳日《かじつ》を赤色で祝うカナンシャ王国の伝統的な花嫁衣装で、アンヤルから贈られたものである。

その上からさらに華やかな装飾品で飾られたアリアは、父親が褒めそやす通り美しく、また十九歳と思えぬほど落ち着いていた。

それに対し、ここ数日のゴアはいつにも増して感傷的になっており、酒に酔っては「本当は嫁になんてやりたくないんだ」と嘆いたり怒ったりと忙しく、今日に至っては己の感情の振れ幅に疲れ切っているという有様だった。

「今日はお母様もきっとどこかで見守って下さっていると思います」

迎えの輿を前に父にそう返事をしたものの、ティルマティ家の戸口には親族が集まってそれぞれに祝いの言葉を口にしているので、彼女の小さな声は喧噪《けんそう》にかき消された。

アリアは今一度、穏やかな監獄であった我が家を眺め、亡き母リディカに思いを馳せる。

息苦しい思いばかりをしてきたこの家だが、母との思い出が詰まった場所でもあった。

（もしお母様が生きていたら……）

もし母が生きていたら、自分の人生は変わっていたのではないかとアリアは考えずにはいられなかった。

父は自分に執着せず、他家の娘たちと同じように社交に出してもらい、歳の近い男性と出会い、穏やかな愛を育み結婚に至ったのではないかと……。

屋敷の書庫には母の蔵書と思われる恋物語の本が隠されるようにいくつか置いてあった。男女の運命的な出会いからはじまり、理屈では計り知れない感情が情緒いっぱいに語られる恋の話。そんな物語に夢中になり、年頃の娘らしくまだ知らぬ恋を夢見た時期もアリアにはあったのだ。

しかし夢は夢でしかなかった。

アリアは苦い郷愁を振り払い、迎えの輿に乗り込んだ。

花嫁を乗せた輿が四人の力者《りきしゃ》によって担がれる。

続いてゴアや親族を乗せた輿も動き出し、嫁入りの行列はティルマティ家の前庭を横切って門をくぐり、約二日間にもわたる旅をはじめた。

婚儀は郊外にあるアンヤルの広大な領地で行われることになっており、輿での旅となるとそれだけの日数を要するのだ。

馬車の方が速度が出て便利なのだが、カナンシャ王国では薄絹で飾られた一人乗りの輿で移動するのが富める者の証とされ、馬車は庶民の乗り物とされている。特に今日のような特別な日となると、どれほど遠方であろうと輿が使われるのが一般的である。

アリアは輿に落ち着くと、薄絹の向こうに見える担ぎ手に何気なく視線を向け、彼らの体格に思わず目を見張った。

今日のために赤いお仕着せを纏った担ぎ手は皆かなりの長身で、肉厚な肩から続く体格は小山のようだった。そして短い灰色の頭髪のあいだからは半円形の毛深い耳が突き出している。

（獣人……）

屋敷から出ることのなかったアリアは、獣人族をほとんど見たことがない。

母リディカを殺害したのが下男として働いていた狼型獣人だったことから、事件以降、ゴアはいかなる獣人もティルマティ家に出入りするのを禁じていた。ゆえにアリアには母がまだ生きていた頃に、屋敷で働いていた獣人たちの遠い記憶があるのみだ。

今回は長旅とあって、特に屈強な種の獣人がアンヤルによって雇われていた。

（彼らは熊型獣人かしら？）

アリアは輿に揺られながら、実家の書庫にあった『獣人族図鑑』を思い出し、頭のなかで頁《ページ》をめくる。

熊型獣人の特徴は独特のくすんだ灰色の頭髪と大きな黒目、筋肉質ながらもずんぐりとして見える幅の広い体型である。

四人の力者たちにはまさにその特徴があった。

（耳がふわふわで可愛い）

アリアは初めて見る熊型獣人に興味津々で、つかの間だけ自分が婚儀に向かっていることも忘れ、薄絹越しに彼らを観察し続けた。

個人差は多少あるものの、獣人族の多くは人間とそれほど変わらない姿をしている。異なる部分といえば耳の形状、人間にはない頭髪の色や眼球の色ぐらいで、特徴的な尻尾や爪などは意識的に隠しておける者が多い。

この熊型獣人のように人間よりも体格のいい者が多いとされているが、それは小柄な草食系獣人の人口が減っているだけで、実際には人間より小柄な獣人も存在している。

興奮状態になると彼らの姿は変化して獣的特徴がより顕著になるが、それでも人間とかけ離れた姿の〝野獣〟になるわけではない。まさに獣の特徴がある人間――それが獣人族であった。

いくら母が殺められたといっても、アリアはすべての獣人族を嫌悪の対象として見ることはなかった。

それどころか、獣人族の辿ってきた歴史を書物で知るほどに、彼らが置かれてきた立場に同情さえするようになった。

現在の獣人族は社会的弱者とされ、家畜のように扱われて過酷な仕事をこなす者も少なくない。

しかしその昔、獣人族は現在よりも多種多様で、数も人間を上回っており、支配階級にあったのだ。

人間と立場が逆転したのは、歴史的に見るとひとえに数の勝利だった。

獣人族のほとんどは発情期があり、女性の出産時期が固定されている。ゆえに天災や疫病など過酷な時期に出産期が重なったことで、大きく数を減らした期間が何度かあった。

対して一年を通して出産する人間は、厳しい時期を避けて子供を産み育てることができた。

じわじわと人口を増やした人間は獣人族と〝戦争〟と名のつく大きな衝突を繰り返すようになり、そのなかで捕虜となった獣人族へ去勢を行うことで人間は支配的な立場を確立していったのだ。

現在、獣人族は過去に大々的に行われた出産制限などの政策でかなり数を減らし、全人口の二割弱しかいない。

しかも肉食系獣人族と比べて体が弱い草食系獣人族は兵役や重労働で命を落とすことが多く、そう遠くない未来に絶滅すると言われていた。

そんなことを考えるうちに輿に乗るアリアの視線は熊型獣人の担ぎ手から周囲の風景へと移っていた。

なにせ屋敷の外に出ることだけでも新鮮なのだから、薄絹越しとはいえ彼女の瞳が忙しくなるのは仕方ない。

（あ！　あそこにも獣人が……）

アリアたちが進む街道は畑に挟まれていて、道の脇では収穫した野菜を荷台にのせる作業の真っ最中だった。

二人の男性が晩春の日射しを浴びながら汗びっしょりで作業をしているのだが、一人はいかにも農夫らしく日に焼けており、もう一人は三角に尖った獣耳が麦わら帽子から突き出ていた。

彼らは通りがかった輿が気になったらしく、揃ってアリア一行に視線を向けたが、何か笑顔で語り合って再び作業に戻った。

(人間と獣人……ああやって対等に働くこともできるんだわ)

実際には対等な立場ではなかったのかもしれない。それでも共に働き、笑顔で語らうその様子はアリアにとって意外だった。

彼女は無意識のうちに幼い頃の記憶を辿り、ティルマティ家に住み込んで働いていた豹型獣人の一家を思い出していた。

もちろんまだアリアの母が生きていた頃だ。

その一家は庭仕事と水汲みに従事しており、庭の一角にある使用人たち専用の家屋で暮らしていた。

彼らには十代半ばほどの息子がおり、子供ながらに重たい桶を担いだり、大きな箒《ほうき》で落ち葉を集めたりと庭仕事をよく手伝っていた。

陽光を吸い込んで輝く金髪、そこからぴょこんと飛び出た黒い獣耳、豹型獣人特有のしなやかな体軀。真面目な気質が端整な顔つきにも表れている少年だった。

幼いアリアはそんな彼の姿を好奇心旺盛な視線で追いかけ、尊敬と憧れが入り混じった感情で見ていた。

なにせ〝ティルマティ家のお嬢様〟であるアリアは己の意思とは関係なく、何事も使用人に任せる日々で、自分自身が何かを成し遂げるという達成感が得られにくい生活だった。そのためまだ十代の少年が働く姿は、〝自分も何かできるかもしれない〟という自立心を刺激したのだ。

アリアは彼と仲良くなりたくて、その姿を見かけるたびに庭に走り出て彼の背中を追いかけた。

ところが「こんにちは」と話しかけても少年は返事もしない。

「今日は暑いね」

「甘いお菓子いる?」

「新しい玩具《おもちゃ》を買ってもらったの」

毎日のように彼の後ろをついていって、アリアはあの手この手で会話をしようと試みた。しかし一言も返事はない。もしかすると耳が聞こえないか、声が出せないのではないかと思ったが、彼女の声に反応して金髪から飛び出た黒い獣耳がいつもぴょこぴょこと動いていたし、他の使用人とは普通に会話をしているのも知っていた。

この少年に限ったことではない。

当時のティルマティ家では獣人と人間の使用人たちが入り交じって働いていたのだが、同じ使用人同士でも人間と獣人が仲良くしている様子はなかった。

結局、アリアは少年と仲良くなれないままだった。

だから人間と獣人のあいだには何か見えない境界線があり、それは越えられないものだとアリアは思っていたのだ。

(世界は私の知らないことで満ちている)

昔の記憶を辿っていると、不意に爽やかな風が吹き込んできて、輿の薄絹を大きく揺らした。

アリアは草いきれの混じった空気を肺いっぱいに吸い込んでから、ふぅと大きく息を吐き出す。そうしてから、こんな風に思い切って深呼吸をするのはずいぶんと久しぶりであることに気がついた。

薄絹がまくれ上がった隙間から見えた木々の緑があまりに美しく、不意に泣きそうになった。

今まで屋敷の敷地内に閉じこめられ、まとわりつくような父親の視線を常に感じながら生活をしてきた。アリアの肉体は生きていても、魂は死んでいるも同然だったのだ。

そのせいかこうして屋敷から遠ざかるほどに、壊死していた魂が蘇ってくる感覚があった。

だけどすぐに彼女の薔薇色に染まった頬は色を失った。

(希望を抱いてはいけない)

アリアは自分に言い聞かせる。

希望を抱くから絶望を感じるのだと、今までの暮らしで彼女は学んできた。

自分が向かう先は貸出先であり、婚儀が済んで一通り落ち着けば実家に戻される。背後の輿で付き添うゴアは、婚儀に出席したあとに娘を連れ帰るまでを自分の役目としているのだ。

こうしてわずかながらの自由を感じてしまうと、今より苦痛に敏感になるのは想像に難くなく、アリアは目の前に広がる木々の緑を恨めしく思った。

輿を担ぐ熊型獣人たちは驚くほど屈強で、荒い呼吸をしながら長い距離を黙々と進み続けた。

休憩を求めたのは輿に乗っている者たちである。

どうしても揺れが続くので、乗り慣れていない者は酔ってしまうのだ。

アリアは夢中で景色を眺めていたこともあって酔いを感じなかったが、後続の者たちから一度止まるように指示が出た。

「あぁ、気持ちいい」

輿から降りたアリアは、思わず青空を摑《つか》むように両腕を伸ばした。同じ体勢でいたのですっかり関節が凝り固まってしまっている。

しかしすぐにジャラッと首や腕に装着された装飾品の重さが、彼女の動きを封じた。

(豪華な枷《かせ》みたい)

装飾品にしても、びっしりと刺繡が施された花嫁衣装にしても、女性一人が身に着けるには重すぎて、結婚とははじまる前から苦行なのではないかとアリアはこっそりと眉を顰《ひそ》める。

しかしこれしきのことで文句は言えないことは分かっていた。

彼女の目の前では熊型獣人が水分を補給しながら、補給したのと同じ量の汗を地面に滴らせていたからである。

獣人といっても耳の形状以外は体格のいい人間といったところなので、この陽気のなか長袖のお仕着せで輿を担ぐ姿は痛々しくさえある。

(お礼だけでも……)

せめて言葉で重労働を労おうと、アリアは緊張しながら彼らに近づいていった。

「あの……」

集まっていた十数名の担ぎ手たちが一斉に彼女を見る。

人間とは異なる黒目がちな瞳とぶつかり、アリアは反射的に言葉を途切れさせた。

その時だった。

「アリア！」

唐突に背後から腕を引っぱられ、驚いて振り返った彼女は父親の姿を見た。

ゴアはまるで伝染病の患者でも見るように担ぎ手たちを一瞥《いちべつ》したあと、娘を自分のそばに引き寄せる。

「大切な日なのだから気をつけなさい。あれらは力ばかりが強くて能なしだ。隙を見せては増長する」

「お父様……！」

わざと聞こえるように発せられた父の言葉に、アリアは思わず声を上げた。

ゴアが獣人に対し差別的な言葉を使うのは今にはじまったことではなかったが、本人たちを目の前にしてこういう口の利き方をするのには、さすがに腹が立ったし呆れた。

「この方たちのおかげで、私たちは輿に乗れているのです。そのような……」

「雇ってやってるんだ！」

思いがけず娘に反論され、ゴアは怒声を上げる。

周囲の者たちは驚いて彼に視線を向けたが、当の熊型獣人たちはアリアとゴアを見ようともしなかった。

親子の会話が聞こえていないわけではない。それどころか多くの獣人族は聴覚が人間の何倍も優れている。

ただ自分たちの視線がこの場の空気をさらに悪くすることを知っていたから、できる限り気配を消したのだ。

アリアはゴアの額に汗が滲み、髭に覆われた顎が震えるのを見て、これ以上怒らせてはいけないと父からも熊型獣人たちからも離れた。

街道のそばに植わっている大樹に向かい、木陰で涼をとる。生命力溢れる木の幹に手を触れて、言葉にできない気持ちを呑み下そうと努力した。

空を見上げると、そこには青と緑が美しい模様を描きながら風に揺れていた。

陽光に照らされて濃淡を描く若葉はどんな芸術よりも美しく、アリアはこんなちっぽけな自分でも世界の一員なのだと感じてほっと息をつく。

街からずいぶん離れたので人家も減り、この辺りには手つかずの自然が広がっていた。

「アリア、出発するぞ！」

アリアが鳥たちのさえずりに耳を傾けていると、不機嫌なゴアの声が現実を知らせてきた。

父の機嫌をこれ以上損ねないよう、「はい」と答えて早足で輿に戻る。

その時、彼女の前に一枚の木の葉がひらりと落ちてきた。

その木の葉に誘われて視線を上げたアリアは、次の瞬間、自分の目に映ったものがすぐには理解できなかった。

金色の目が彼女を見ていたのだ。

「――え!?」

広がった枝葉のあいだに誰かいると気がついた時にはもう、木から飛び下りてきた何者かに羽交い締めにされていた。

空気を裂くようなアリアの悲鳴に、森でさえずっていた鳥たちが驚いて飛び立つ。

「アリア！」

「賊だ！」

「誰かアリア様を！」

一気に騒然となった人々を、アリアはどこか現実ではないように見ていた。

真っ赤な顔をしたゴアが熊型獣人たちを怒鳴り立て、娘の救出に向かわせる。命令を受けた彼らは小山のような体格を揺らし、言われた通りにアリアのもとに駆けつけた。

何もかもが一瞬の出来事で、アリアは男が自分を引きずるようにしながらこの場を切り抜けようと後退していることにさえ気がついていなかった。

ただ恐怖と混乱に体が硬直し、思考もまともに動かない。

「助け……て……」

やっと絞り出した細い声は、救出に駆けつけた熊型獣人に向けたものだった。

四人の熊型獣人がアリアを奪い返そうと一斉に太い腕を伸ばす。

アリアは前後から引っぱられ、ひどいもみ合いの渦中にいながらも、奇妙な違和感を覚えて冷静な自分を取り戻した。

（誰も本気じゃない……）

熊型獣人は周囲にいて彼女をもみくちゃにしていても、一人としてその優れた腕力を行使していなかった。助けようとしているように見えるが、実際はそのようなフリをしているだけなのだ。

――内通している。

不意に罠に嵌まったことを悟ると、アリアはすべてを諦めた。

「アリア！　アリア！」

アリアが己の無力を知った一方で、ゴアは木々を揺らす勢いで狂ったように叫び続けている。

熊型獣人の巨体が目の前にあるので、彼女からは父親の姿は見えない。

しかし次の瞬間、パァンッ！　と大きな破裂音がしたかと思うと、アリアの前の景色が開けた。

「くそっ！」

背後で男の悪態が聞こえたと同時に、彼女はゴアが銃を発射したのだと理解した。

なぜなら熊型獣人の一人が足から血を流して地面でのたうち回っている姿が目に飛び込んできたからだ。

大勢の者がひとかたまりになっている状況で発砲したゴアの行動は狂気の沙汰といえよう。娘に当たる可能性さえあったのだから。

しかし怒りに正気を失った彼は止まらない。

「今すぐ娘を放せ！」

ゴアは、再び銃を構える。

パァンッ！　ともう一度、銃声がした時には、アリアは木の上にいた。

賊が彼女を抱えたまま驚異的な跳躍をしたのだ。

突然、視界が高くなり、アリアは無意識のうちに悲鳴を上げた。動くと不安定な足下で枝葉がざわざわと揺れる。

木登りの経験などない彼女にとっては、みぞおちの辺りが縮むような高さだった。

「落ちて首の骨を折りたくなければ、大人しくしていろ」

そう低い声で言われて、アリアはこの時初めて自分を拉致している者の顔を見た。

金色の瞳に金色の頭髪——男は鼻から顎にかけて布で顔を隠していたので、実際に彼女が確認できたのは顔の上半分ほどだった。

しかし彼が獣人であるのは分かった。

男の眩い金髪のあいだから小ぶりの獣耳が突き出ており、耳を覆っている毛だけが黒いのでよく目立っていた。木の幹を摑んでいる指は半獣化して、爪が長く伸びている。手の甲から指先にかけて金地に黒いブチ模様の毛がうっすら生えているのも確認できた。

現在の状況を一瞬忘れ、アリアは何型の獣人なのだろうかと考える。

しかしその思考は再び発せられた銃声によって絶ち切られた。

高く乾いた発砲音が空気を切り裂く。

「グゥッ！」

男が獣めいた唸り声を上げたかと思うと、次の瞬間にアリアの体は宙に浮いていた。

彼が再び跳躍したのだ。

娘の名を呼ぶゴアの声が森に虚しく響くなか、男はアリアを抱えたまま木から木へ飛び移って移動を続けた。

凄まじい跳躍力と、木肌に食い込ませることができる長い爪でそれをこなしているが、人ひとりを抱えて移動するのはさすがに負担が大きいらしく、時折木から落ちそうになる。

ガッ！　ガッ！　と大きな音と共に太枝に爪を引っかけて足場を何とか確保するたびに、アリアは生きた心地がしなかった。

それでいておかしなことに、自分は生きているのだと強く意識もしていた。

木々の枝が彼女の花嫁衣装を切り裂き、木の葉が暴力的に肌を叩くたびに死にたくないと思い、生に対する執着が湧き起こる。

そして、死にたくなければ自分を拉致した男に無我夢中でしがみついているしかなかった。

男は追っ手が遠ざかったのを確認すると今度は地面に下りて走りはじめ、アリアは荷物のように肩に担がれた。

男は木々が茂る鬱蒼《うっそう》とした雑木林のなかを、障害物を避けながら走り続ける。

巨木の根が蔓延《はびこ》り、苔が生え、枯れ木が横たわる道なき道を走り抜けるなど、人間ではできぬ芸当だ。

もう追っ手が自分たちを見失っているであろうことはアリアにも分かった。

男は何度か背後を確認したあと、徐々に速度を落として歩きはじめた。

森はすっかり静寂を取り戻し、彼の荒々しい呼吸音だけが清らかな空気に染みこんでいく。鼻から顎にかけて布で覆われていても、ハッ、ハッ、ハッと熱い息を吐き出す音がアリアにも聞こえた。

（花嫁衣装や装飾品で自分でも重く感じるほどだから、担いで歩くのは大変そう……）

さらわれているというのに、賊を心配しているのだからお人好しもいいところである。

アリアは母を喪い、屋敷に幽閉されるに至り、人の感情の変化を敏感に感じ取るようになった。父の怒りや悲しみ、それを受け止める使用人たちの怒りや悲しみ——彼女自身がみんなにできることといえば、心情を思いやって気遣うことだけだった。

アリアは長い幽閉生活のなかで、自分でも意識しないまま人の心に寄り添う術を身につけたのだ。

とはいえ現在のアリアは荷のごとく運ばれ、ただ地面を見ているしかできない。恐怖感は薄らいでいたが、この状態から逃げる気力はまだなかった。

男の履いている古い靴が的確に進むのをぼんやりと見ていたその時、不意にその靴の先端に赤黒い染みが広がった。

最初は汗かと思ったが、軽く視線を動かすと彼の腕にぬらりと光った紅が付着しているのに気がつき、アリアはそれが出血なのだと悟った。

首をさらに動かして男の体を見回すと、彼の着ているシャツが血染めとなっている。

ゴアが発射した弾丸が彼を傷つけていたのだ。

「お、下ろして下さい！　自分で歩けます」

アリアが衝動的にそう言ったのは、見知らぬ者の体を慮《おもんぱか》ったがゆえである。

しかし歩みを止めた男は金色の目でギロリと彼女を睨《にら》んだ。月光を嵌め込んだような冷えた虹彩だった。

「逃げられると思うな」

低いがよく澄んだ声でそう言ったかと思うと、次の瞬間アリアは地面に乱暴に下ろされた。

荷物のごとく担がれ、荷物のごとく下ろされ、尻餅をつき、なんという婚儀になってしまったのかとアリアは苦笑して、笑った自分に驚いた。

ここ数年、笑ったことなどなかったのだ。それがこんな状況のなかで笑顔になるなんて、自分でも信じられなかった。

「逃げられないのは分かっています。ただあなたのその傷をどうにかしないと……獣人の方だって手傷を負えば命の危険があるでしょう？」

見れば見るほど傷はひどそうで、すっかり元のシャツの色が分からない状態になっている。

思わず男の裂けた肩に手を伸ばしたアリアだったが、彼の冷ややかな瞳がそれを止めた。

「自分の心配でもしてろ」

そう言った彼の視線の先に小さな傷のついた自分の腕があることに気づいたアリアは、すでに固まっている一筋の血痕を指先で擦り落とした。

混乱のなかで枝か男の爪がつけた傷だが、大したことはない。それよりもアリアは彼がその小さな傷を気に留めていたことが意外だった。

「もう少し歩けば小川がある」

男はそれだけぶっきらぼうに言うと、アリアを置いて歩きはじめた。

方向感覚さえ失うような鬱蒼とした森に置いていかれては困ると、逞《たくま》しい背中を追いかける。

男はアリアがついてきているのを確認もせず、前を向いて歩き続けた。

もしかすると簡単に逃げられるのではないだろうか？　そんな思いが過《よぎ》った時だった。

（あ、耳が……）

アリアは彼の金色の頭髪から飛び出ている黒い獣耳が自分の方を向いていることに気がついて、きっちりと監視されていることを知った。

獣耳は絶えず音を探して動いており、その様子にはどこか可愛らしささえある。

（この耳……どこかで……）

不意にやってきた既視感に、アリアの足が止まった。

この黒い獣耳をどこかで見たことがあるような気がした。しかし彼女が知っている獣人の数は多くない。

（どこで……？）

「止まるな」

男の声に急かされ、アリアは思考を止めると慌てて歩き出す。

落ち葉を踏む二人分の足音と、たくさんの鳥がさえずる声。それに水が岩を叩く音がかすかに聞こえてきていた。

足下が岩場に変わってきたと思ったら、目の前に春の光を受けて煌めく小川があった。

「綺麗……」

小川を目にしたアリアは、その絶え間ない流れを間近で見ようと駆け寄った。

自然のなかに身を置く機会のなかった彼女にとっては、川の流れが岩を叩く様子さえ興味深い。澄んだせせらぎのなかに魚が泳いでいるのを見つけた時は、「わぁ！」と子供のように歓声を上げたほどだ。

しかしその清らかな流れに赤い波紋が広がったのを見て、アリアはハッと表情を強張らせた。

彼女が水面から顔を上げた時にはもう、男は血に濡れたシャツを脱いで川のなかで膝まで浸かっていた。男がシャツを軽く洗ったので、周囲の水が赤く染まったのだ。

しかし急流がすぐに血染めの水を流し去り、川は再び太陽を受けて宝石のように輝く。

その真ん中で男は顔の半分を覆っていた布を取り払うと、大自然に敬意を示すように素顔を晒した。

大きく鋭い目にふさわしい引き締まった輪郭。その中心には真っ直ぐな鼻梁があり、薄い唇が涼やかな印象だった。磨き上げた宝石のように冴えざえとした雰囲気があり、落ち着いた印象は知的にも感じられる。

男は取り外したその布で血に染まった己の肌を清めていった。

無駄な肉が一切ついていない、鍛錬された金属のように逞しい体軀が濡れていく。

彼は監視を休めず、川の流れのなかからアリアを真っ直ぐに見つめていた。金色の瞳に囚われ、アリアも彼から視線が外せない。

芸術的な絵画を目の前にした時のように時間が止まり、思考が奪われていた。

「川上の水を飲むといい」

男に言われてアリアはハッと我に返ると、慌てて視線を外して火照った顔を冷やすように濁りのない川上の水で喉を潤した。

「美味しい……」

水は冷たく、熱くなった喉を涼やかに流れ落ちていった。それと同時に思考が落ち着いていくのも分かった。

なぜ自分はさらわれたのか、何が目的なのか――男が水を飲むように勧めたということは、今すぐ命の危険に晒される可能性は少ないのだろうと考え、身代金が目当てではないかと想像する。

市井の事情を知らぬアリアでも、カナンシャ王国が貧富の差の大きい国であることぐらいは知っていた。もちろん下層にいるのは獣人族で、ゆえに犯罪率が高いのも獣人族である。

「行くぞ」

そう声をかけられて振り返ると、彼は上半身に何も着けぬまま、顔に巻いていた布で傷口を押さえている状態だった。

「ちょ、ちょっと待って下さい」

アリアは慌てて彼に駆け寄ると、洗ったシャツを着ようとしている男の手を止めた。

「傷口を押さえるにしても、もっときちんとしないと……それに弾が残っていたら」

「弾はさっき抜いた」

「自分で抜いたんですか!?」

荒療治にぞっとしつつも、それならなおさら止血をしておかなければと、アリアは男が握っていた布を奪うと弾丸で穿《うが》たれた肩の傷と向かい合った。

もちろん怪我人の介抱など経験したことはない。皮膚が裂けている様子を見るだけでも勇気がいったが必死だった。

幅広い肩に刻まれた痛々しい創傷からはまだ血が流れている。とはいえ噴き出ているような状態ではないことに少し安堵したアリアは、まず自分の着ているドレスの裾を破ることで細長い布を得た。その次に男が顔を隠していた布で傷口を押さえたあと、ドレスの端布で強くそこを固定した。

自分の手やドレスも滴る血に汚れたが、ただ無我夢中だった。

「あまり動かさないようにして下さい。今はこれぐらいしかできないので……」

そう言いながら男がシャツを羽織るのを手伝う。

「お前はなぜ俺を……」

男がそう言葉を発したのと、アリアが「あ……」と小さく呟いたのは同時だった。

――豹型獣人。

アリアは陽光に照らされた彼の背中を見ていた。

普通にしていると分からない程度だが、光が当たると背骨が走っている部分にうっすらと体毛が生えているのが見えたのだ。

ごく短い産毛のようなそれは、よく見ると金色に黒いブチ模様が入っている。獣化していた時に手の甲に出ていた斑紋と同じだった。

模様の特徴が豹のそれであることに気がついたアリアは改めて彼を見た。

おのずと幼い頃の記憶が蘇ってくる。

(この黒い耳……それだけじゃない。顔も似ている!?)

アリアが思い出していたのは庭師の父親の手伝いをしていた少年だった。

金色の虹彩を囲む長いまつげとその甘さを打ち消すような力強い眉、ツンとした唇の様子などはまさにアリアの記憶と重なった。

「間違いだったらごめんなさい。もしかしてティルマティ家で働いていた――」

「犯罪者の正体など、知らない方が身のためだ」

アリアの言葉を一睨みで遮ると、痛みからか、もしくは何か違う理由からか、男は顔を顰《しか》めて歩き出した。

アリアは背中を追うしかない。

もう逃げることなど考えもしなかった。

彼があの使用人の子供なら、自分は身代金目的という単純な理由でさらわれたのではないと直感的に思う。ではなぜ？　理由を探すように彼の背中を追いかけた。

一歩一歩進むごとに森は深さを増していく。もう来た道を一人で引き返すことも不可能だった。

川に沿って上流へと歩いているので、進むほどに地面の傾斜はきつくなっていった。その上、大岩やそそり立つ崖が二人の行く手を阻む。

「きゃっ！」

それは長く伸びた下草を掻《か》き分けて歩いている時だった。

茂った草に隠れていた岩に足を取られたアリアの体がぐらりと傾いた。すかさず男の長い腕が伸びてきて、彼女の胴を引き寄せる。

視線が交わったほんの一瞬、金色の瞳に安堵の色が滲んだのをアリアは見た。

「あ、ありがとうございます」

「人間には険しい道だ。背負う」

彼はそれだけ言うと、腰を屈めて背中をアリアに向けた。

成人男性に背負われるなど、普段であれば恥ずかしくて断っていただろう。しかし彼女の体力は限界に近く、もう足元に注意を払いながら前に進めるような状況ではなかった。

羞恥で顔を火照らせながら、アリアは大人しく男に体を預けた。

すぐに視界が動き、男が力強く歩きはじめる。

泥濘《ぬかる》む地面を踏みしめ、足に絡んでくる下草や自由に伸びる枝をものともせず、彼は進み続けた。まるでアリアの重さなど感じていないかのように。

月明かりだけとなった道なき道をどれほど進んだかは分からない。

胸部で感じる彼の背中の温かさが、いつしか彼女を眠りに導いていた。


アリアはまどろみに漂いながら夢を見ていた。

目の前にはいるはずのない母リディカがいて、これは夢なのだと悟る。

リディカは窓辺に腰をかけて本を読んでおり、近くに娘がいることにも気づかない様子だった。

——お母様、何を読んでいるの？

声をかけるとリディカは穏やかに微笑《ほほえ》んで、手に持っていた本をパタンと閉じてしまった。

リディカは娘によく本を読んでやる母親だった。いつもの彼女なら、娘を膝の上に抱き寄せて本を読んでやっただろう。

リディカはその代わり、自分が持っていた本を娘に差し出した。

——この本、知ってる。

それは書庫の奥に隠されるように置いてあった恋物語の本である。母の死後に見つかったその本を、アリアは母との繋がりであるかのように何度も読んだのだ。

——愛を知りなさい。

娘に本を手渡したリディカはそう言って立ち上がると、光のなかに消えていった。

アリアが目を覚ましたのは巨樹の下だった。

ふっと息を吐いて起き上がると、体の疲れが取れて生まれ変わったようにすっきりとしていた。

何か夢を見ていたのは覚えているが、そのあとに深く眠ったためか内容までは思い出せない。

実は久しぶりの熟睡だった。ティルマティ家の屋敷にいた時は日中でも重いまどろみのなかにいて、就寝時間になってもそれ以上の睡眠を得ることはできなかったのだ。

（人の背中でこんなに眠れるなんて……）

アリアは自分が熟睡できたことに驚きながら、周囲を見回す。

森はキラキラとした銀色の靄《もや》に包まれており、視界に薄衣がかかったようだった。男がどこにいるのかも分からない。

しかし置いていかれたのではないかという不安がなかったのは、眠りのなかでも誰かに守られている感覚があったからだ。

（ここはもしかして……銀の樹海）

アリアは自分を取り囲む銀の粒子を見回し、改めてその幻想的な風景にしばし見入った。

〝銀の樹海〟とはカナンシャ王国の南西部に位置する森の俗称で、地面の多くが火成岩に覆われている。この火成岩をものともせずに大きく育つシャルマの木が銀色に輝く成分を放出するので、人々はいつしかここを銀の樹海と呼ぶようになった。

ここに足を踏み入れる人間は多くない。

銀の靄は無害だが気温によって濃度が変化し、時に濃霧のようになる。銀の樹海は一歩踏み入っただけで来た道を見失うと言われているのだ。

「起きたか？」

不意に声がしてアリアが振り返ると、銀紗《ぎんしゃ》のように揺れる靄の向こうに人影があった。

まだはっきりと姿は見えないが、低いのに澄んだ印象の声質で彼だと分かった。

「おはようございます」

「これを食べたら行くぞ」

靄を分けてやってきた男は両手いっぱいに木の実や花を持っていた。

彼は平らな岩の上に赤い実を並べ、たくさんの花を盛り、焼き上げられた川魚を仕上げに載せると即席の食卓を作りあげた。

アリアが戸惑っているうちに、男は赤い実を丸ごと口に運び、次にちゅうと音を立てて花の蜜を吸ってみせる。食べ方を教えられているのだと悟ったアリアは、不意に自分が空腹であることに気がつくと、男を真似て赤い実を口に入れた。

「美味しい……」

手をかけて作られた料理ではない。しかし彼が用意した食べ物は大地から与えられた歓びの味がした。素朴な酸味や甘味が空腹に沁《し》みていく。

「あの……食事をありがとうございます。とても美味しいです」

アリアの口からは自然と感謝の言葉が溢れていた。

彼は自分を背負って歩き通した上で、早くに起床して森から食べ物を得てきたのだ。

その苦労を考えると、アリアは自分がさらわれているという事実をすっかり失念し、男が世話を焼いてくれているような気持ちになっていた。

男は魚の白身を貪りながら琥珀《こはく》を嵌め込んだような目でアリアを一睨みする。

他者が近寄ることを許さない排他的な目の輝きだった。

「勘違いするな。俺はお前を地獄に堕とすためにさらったんだ。懐く相手を間違えるな」

素早く食べ終わった彼はそれだけ言うと立ち上がり、振り返りもせず歩き出した。

アリアは慌てて食事の残りを頬張ると、彼の背中を追いかける。

――地獄に堕とすためにさらった。

言われた言葉が耳奥でゴウゴウと響く。憎悪で形成された声は、消えかけていたアリアの恐怖心を呼び起こしていた。

(恨み？　身代金目的じゃない……悲しみと、憎しみに育てられた行動)

彼女のなかに、誰かに嫌われたり恨まれたりするようなことをした記憶はない。

しかしこの男があの使用人の少年だと仮定するなら、自分の知らないうちに恨みを買っていた可能性はあるのではないかとも思う。

何が彼をこの危険な行動に駆り立てているのか——アリアは答えが知りたくて男の背中を追った。

銀の樹海の奥の、さらに奥へ。

足の痛みに耐え、時には背負われ、時には山の恵みで腹を満たし、時には男の背で眠り……。

過酷で奇妙な道行きの末、目覚めたアリアは自分が寝台の上にいることに気がついた。

第二章　傲慢な獣たち

ぼんやりと天井を見上げながら、敷布が肌に当たる感覚を楽しむ。

脚を軽く動かすとひんやりとした生地が肌を撫で、心地よかった。

さらわれて以来、今まで経験したことのない距離を歩いたのだ。筋肉が悲鳴を上げている。

今、自分がどこにいるのかという心配もあったが、それよりも体が起きることを拒んでいるかのようだった。

（このままもうしばらく寝ていたい……）

瞼が自然と下りてきた時だった。

不意にアリアは敷布が自分の素肌に当たっていることに違和感を覚え、上掛けのなかを覗き込む。

「っ……!!」

一糸纏わぬ自分の裸体を見た刹那、眠気が吹き飛んだ。

もちろん服を自分で脱いだ覚えなどない。

確かに煌びやかな花嫁衣装は銀の樹海を歩き回っているあいだに見るも無惨な状態となっていたが、まさか熟睡しているあいだに脱がされるとは思っていなかった。

(誰が……)

自分の服を脱がしたのがせめて女性であってほしいと願った時、ノックもなしに唐突に部屋の扉が開いた。

反射的に「ひゃっ！」と情けない声を喉奥で鳴らし、アリアは上掛けを引き上げる。

「あ、起きてたんだね」

何気ない調子でそう言って入室してきたのは若い男性だった。

若いといってもアリアと同じような年齢で、裸体を見られていい童子などではない。

アリアは両手でしっかりと上掛けを握りしめたまま、この事態にどうしていいのか分からず、ただ体を強張らせていた。

「エルガーも無茶苦茶だよな。こんな場所まで人間を連れてくるなんて……」

独り言のようにそう言う彼はのんきに鼻歌を歌っている。

アリアをここまで連れてきた男とは正反対の優しげな雰囲気だが、よく見れば面立ちは似ていた。

満月のような金色の瞳、すっきりと通った鼻梁に丁寧に彫り出したような輪郭、そして黒い毛に覆われた獣耳――唯一大きく異なるのは、彼の肌の色だった。

人間ではあり得ない淡い影のような薄墨色をしているのだ。

（不思議な肌の色……）

皮膚が薄い部分は皮下の桃色と混じって何とも艶めかしく、反対に皮膚の厚い部分は黒にも銀にも見えて金属のような趣《おもむき》があった。

「よく寝ていたね。少しは疲れが取れた？」

「はい。あの、ここは……」

男の友好的な様子にほっとして、アリアの思考が動き出す。しかし知りたいことが多すぎて言葉に詰まった。

ここはどこなのか、あなたは誰なのか、自分はどうなるのか――さしあたって一番必要に迫られていることが声になった。

「私の服は……」

「服はあとで持ってくる。とりあえず今はいらないから」

男は軽くアリアの質問をいなしておいて、また鼻歌を歌いながら手に持っていた小瓶の中身を自分の手の平に伸ばしはじめた。

それは透明の液体であったが少し粘着質で、男の長い指と指のあいだで糸を引く。

「僕は黒豹型獣人のジュゼ。よろしく。君をここに連れてきたエルガーは僕の兄なんだ」

「キャッ!」

自己紹介に対してアリアが叫び声を上げたのは、ジュゼが何の躊躇もなく彼女の上掛けを引き剝がしたからだ。

勢いよく取り払われた上掛けは床に落ち、寝台の上には全裸の乙女だけが残された。

必死に自分を掻き抱くアリアを、ぞっとするような冷めた光を宿した目が眺め入る。

陽気な口調とは異なる冴えざえとした表情に、アリアの全身が警戒しろと叫んでいた。

「さ、脚を広げて。抵抗しない方がいい。乱暴にしたくないんだ」

「私に何を……」

彼女の声は哀れなほどに震えていた。

「慣らすんだよ。人間の女性が獣人族の男と交接するのは簡単ではないからね。君だって痛いのは嫌だろ?」

「な……」

アリアには彼が何の話をしているのか分からなかった。

言葉の意味をうっすらと悟ったのは、彼女の両脚を割るようにジュゼの脚がやってきた時だった。

アリアが逃げる一瞬の隙も与えず、彼は液体で濡れそぼった指を彼女の秘部に潜り込ませる。

「……ッ！」

「動かないで」

「いやっ！　やめっ……！」

男の長い指はアリアの慎ましやかに閉じていた花弁を開き、彼女の肉壺に押し入る。

そしてグジュッと淫らな音を響かせ、一番深い部分にやってきた。

「ひぅっ……お願い……お願いだから、やめて、下さい」

自分の体さえ碌に知らないアリアは、強烈な圧迫感にただ恐怖していた。

肉体の内側で指がゆっくりと動くほどに嫌悪感が全身に走り、涙がほろほろと溢れる。

「暴れないでほしいな。僕も縛ったりはしたくないんだから」

ジュゼの声は冷静だったが、それに反して彼の指は執拗に彼女の媚肉をこすり続けている。

粘着質な液体を纏った指は決して乱暴な動きではなかったものの、見知らぬ者に秘部を弄られるなど恐怖でしかなかった。

「やっぱり狭い……よくほぐさないと」

彼はそう呟くと、さらに長い指を使ってアリアの膣口の辺りを出入りする。

絶え間なく続く秘部への圧迫は彼女にとっては未知の経験で、不快感だけが埋め込まれていった。

「や、やめて下さ……っ！　許して……イヤッ！」

淡々としたジュゼに対し、アリアは上手く息が吸えないほどに戦慄しており、美しい顔が涙でぐちゃぐちゃに汚れていく。

今にも失神してしまいそうに息苦しかったが、この状況で意識を手放すわけにはいかず、アリアはできる限り身を捩り、髪を振り乱し、声にならない声を上げて抵抗を試みた。

だが脚はしっかりと固定され、二本の腕もひとまとめにされて摑まれている。圧倒的な力の差を前に為す術がない。

「大人しくしていれば気持ちよくなる。暴れるから痛いんだ」

「イヤァァア！」

陵辱されるぐらいなら――理性が弾けた瞬間、彼女は力まかせに近くにあった男の腕に歯を立てた。

「グァッ！」

獣じみた声が頭上でしたと同時に、四肢を押さえ込んでいた薄墨色の体軀がわずかに離れる。

アリアは自分がどう動いているのかも意識しないまま、ただ夢中で転げ落ちるように寝台から出ると目の前にある扉を目指した。

しかし一歩を踏み出したとたんに、足首に何か柔らかなものが絡まり、彼女はもんどり打って倒れる。

「……ひッ！」

「ったく、手間取らせないでほしいな」

ジュゼの黒々とした長い尻尾が彼女の足首を捕らえていた。

獣人族は生活する上で必要な耳を除き、獣化の範囲を制御できる。ゆえに獣人用の服には尻尾用のスリットが作られているのだが、そこから実際に尻尾が出ているのをアリアが見たのはこの時が初めてだった。

ジュゼの黒く長い尻尾はまるでそこだけ独立した生きもののように動き、脚の上をそろそろと這い回る。

「人間に噛まれるとは思わなかったよ。痛いじゃないか」

「……ッ！　やめっ！　やめてぇ！」

ジュゼの尻尾が彼女の右足首に絡み、きゅっと縛りあげた。

見た目は優雅にさえ思える器官ながら、尻尾は筋肉の塊だ。アリアが半狂乱になって暴れようと、その捕縛は外れない。

「そろそろ叫ぶのはやめてほしいな。僕だってこんな悪趣味なこと、早く済ませてしまいたいんだ」

「誰か、誰か助け……」

助けなど得られないのは分かっていたが、藁《わら》をも摑む思いで言葉を絞り出した。

その時、目の前の扉が開き、いつか見た記憶のある古い靴が目の前に現れた。

「助けて！　助けて下さい！」

アリアは無我夢中でその脚に縋《すが》りついた。

「ジュゼ……手こずっているな」

そうジュゼに声をかけたのは、アリアをここに連れてきた豹型獣人の男、エルガーだった。

金色の瞳が彼女を見下ろす。月の光を閉じこめた冷たい目だった。

この目を見た瞬間、彼もまた自分を陵辱する側なのだと理解し、アリアは声も出さずにただ涙を床にこぼした。

「エルガー見て、噛まれたんだよ。人間の女の力なんて大したことないだろうと思ったんだけどね、ずいぶん暴れん坊だ」

「……ルクの皮を用意しよう」

「ああ、そうだな。あれがあれば……」

エルガーとジュゼ。豹型獣人と黒豹型獣人の兄弟はアリアを挟んで淡々と相談事をしていた。

「なぜ……」

アリアはエルガーの脚に縋りつき、掠れた声で呟く。

なぜ自分がこんな目に遭わなければいけないのか、せめて答えがほしかった。

「アリア・ティルマティ、お前を地獄に堕とすと言っただろ。それだけだ」

エルガーはその冴えた瞳で彼女を見下ろし、もうそれ以上は言葉を発しようとしなかった。

アリアは片羽を千切られた蝶のようにヒラヒラと地の底へ堕ちていく途中なのだと身をもって感じながら、彼もまた地獄へ飛び下りようとしているようだと思う。

事実、眉間に深い皺《しわ》を刻み、己の唇をギュッと噛む彼の様子は、絶望に向かう男の顔だった。

「ジュゼ、出直すぞ」

エルガーが部屋を出ていくと、ジュゼもそれに続いた。

唐突に静寂が戻ってきた部屋で一人、アリアは下肢の不快感にじくじくと苛まれながら、長いあいだ呆然としていた。


どれくらい時間が経ったのか。

アリアは寝台の上で上掛けを被って、自分の身に起こったことを忘れようとしていた。

意図的にそうしていたわけではない。ただ本能がこれ以上の衝撃を受け止めるべきではないと判断したのだ。

眠ることもできず脳が溶けたようにぼんやりとしている時に、エルガーが戻ってきて着替えを置き、無言で去っていった。

彼があまりに気配を消していたので、アリアは去り際にちらりとその大きな背中を見ただけだったが、もっとも必要としていた肌を隠すものが手に入ったのだと知ると、弾かれたように体が動いた。

エルガーが持ってきた服は彼女が着ていた花嫁衣装——泥だらけになっていたが、綺麗に洗濯されていた――の他に、庶民が着るような平服もあった。

花嫁衣装は破れている上に装飾が重たくて動きにくいこともあり、アリアは迷うことなく与えられた平服を身に着ける。

それは清潔で着心地がよく、怯えて萎縮していた彼女の気持ちを慰めてくれた。

花嫁衣装と共に首飾りや腕輪などの装飾品もすべて返却されており、アリアはしばらく考えてから宝石の嵌まった腕輪を一つだけ選んで身に着けた。

何か財産を身に着けておいた方がいいのではと考えたからだ。

一度思考が正しく働き出すと、本来の性格が戻ってくる。

(ここにいてはいけない……逃げないと！)

逃げるという選択が、彼女を突き動かした。

アリアは閉ざされている窓まで行くと、戸板でできた跳ね上げ窓に手をかけた。簡単には開かないだろうと覚悟していたが、それは意外にもすんなりと動いた。

窓が大きく開いた瞬間、眩しい陽光が部屋いっぱいに差し込む。

すべての生物を祝福するような日の光は思いのほか力強く、暗くなっていた彼女の心まで照らすようだった。

窓が簡単に開いたことにも驚いたが、外に視線を向けたアリアは地面の近さにも驚いた。

窓から手を伸ばせば届くような高さに地面がある。しかも窓は大きく開いて簡単に大人一人が抜けられる広さだった。

逃げよう――そう思う前にアリアの体は動き出していた。

両腕を突っ張って窓の枠に片膝をかける。

こんなお転婆をしたのは子供の頃以来だと思い、ふとティルマティ家の屋敷にいた豹型獣人の少年の姿が脳裏を過った。

あの少年はやはりエルガーだったのだろうか？　ではジュゼは？　幼い頃の記憶とはいえ、薄墨色の肌をした子供が敷地内にいれば必ず覚えているはずだ。

（今はそれどころじゃない！）

窓を飛び越えたアリアは目の前に広がった景色を見て、ひとまず昔の記憶に蓋をした。

逃げるのだともう一度自分に強く言い聞かせ、周囲を見回す。

アリアがいた建物は高台にあり、彼女の眼下には小さな集落が広がっていた。

火成岩から成るゴツゴツとした急勾配の山肌に、しがみつくようにしていくつもの家が建っている。階段状になった小さな平地には、わずかな無駄もなく農作物が植えられているのが見えた。

集落を囲むのは鬱蒼とした銀の樹海である。

（こんな場所があったなんて……）

集落の誰かに声をかければ助けを得られるかもしれないと、アリアは腰を落として雑草を掻き分けながら進んだ。建物から集落に下りる道がまっすぐ通っていたが、エルガーたちに見つからないようにわざと歩きにくい農耕地の脇道を行く。

この選択が正しいか否かなど分からない。戻るべき場所があるのかさえ……。

しかしアリアは進むしかなかった。

（誰も追ってこない……）

何度も振り返りながら進み、緊張がいくらか解けたアリアはほっと一息ついた。

その時だった。頭上で大きな羽音が聞こえて、反射的に顔を上げた。

しかし広がる青い空には鳥などいない。

「あなた……どこ行くの？」

突然、背後から声をかけられハッとして振り返ると、そこには〝白い少女〟がいた。

透き通るような白い肌。肩につくほどの髪まで、染める前の絹糸のごとく白い。切れ長の目に嵌まる黒い瞳が印象的な少女だった。

アリアは彼女の華奢《きゃしゃ》な腕が真っ白な羽毛に包まれているのに気がつき、その美しさに息を呑んだ。

羽毛は見る見るうちに皮膚に吸収されていき、そこには細腕だけが残される。

（鳥型獣人!?　確かこの国では絶滅したと書物には書いてあったのに……）

一昔前、その美しい翼が支配階級の人間たちに珍重され、多くの鳥型獣人が密売人たちに翼をもがれた。その傷が元でかなりの鳥型獣人たちが命を喪い、一気に数を減らしたことは誰もが知るところである。

「あなた、エルガーが連れてきた人間でしょ。一人でウロウロしてちゃ危ないわよ」

小鳥のさえずりを思わせる高い声。

アリアが呆然としているあいだにも少女は不躾な視線でこちらを観察し、あからさまに眉を顰めた。

「村のみんな、人間の匂いにピリピリしているの。エルガーに逆らう者はいないけど、あなた一人だと何をされるか分からないわ」

「みんなって……ここの集落の人たちはみんな獣人なの？」

少女が当たり前だと言うように頷くのを見て、アリアはやっぱり、と嘆息《たんそく》する。

薄々そうだろうとは思っていたのだ。銀の樹海に囲まれた場所など、人間が生きていくには厳しすぎる環境である。

（ということは、集落に向かっても助けは得られないかもしれない……）

道案内と十分な準備がなければ、銀の樹海を抜けるのは無理だろうとアリアが考えあぐねているあいだに、少女は先を歩きはじめている。

慌ててその小さな背中を追ったのは、〝一人では危ない〟と警告をした彼女の優しさを感じ取ったからだった。

「ついてこないで」

すぐに少女はそう言って、アリアを一睨みする。

そう言われてしまって一度は足を止めたが、やっぱり彼女についていった。今はそうすることしかできなかった。

「私だって好きでここに来たわけじゃないわ。困っているの。無理矢理ここに連れてこられて……」

「困ればいいじゃない。私たち獣人族はいつだって人間に困らされているもの」

話しかけてみたものの即座に言い返され、アリアは言葉を失うしかない。

彼女の知っている世界では、人間に口答えする獣人族などいなかった。

「心配しなくても、そのうち帰れると思うわ。この集落は獣人族のための場所だから、エルガーだって人間を長く置いておくなんてことはしないだろうし」

年の頃は十代半ばに見える少女だが、先ほどから口調はずいぶんと大人びている。

「……あのエルガーという人は何者なの？」

「エルガーは迫害されている獣人たちのために、この村を作った人。ここだけじゃなくて、色々な場所にある獣人族の共同体を指揮してる。獣人族の救世主になる人だって言う人もいるけど……」

「救世主……」

「私、エルガーって仏頂面で愛想がないから苦手なの。ジュゼの方が優しくて好きだわ」

「それはありがとう。光栄だな！」

突然背後から参加してきた声に、女性二人は揃って「キャッ！」と甲高い声を上げる。

振り返るとそこにはジュゼが満面の笑みで立っており、さらに彼の背後には言われたとおりまさに仏頂面なエルガーもいた。

「ジュゼもエルガーもひどい！　こっそり私たちをつけていたでしょ！」

アリアが愕然としている横で、少女が可愛らしく抗議の声を上げた。

「こっそりつけているつもりはないいんだよパルナ。僕たちには気配を消して歩く癖があるんだ」

ジュゼの愉快そうな言葉に、エルガーの不機嫌な声が続く。

「アリア、出歩くのは勝手だが、逃げられると思うな。俺たちが人間の匂いを辿るのは、足跡を探すより簡単だ」

「匂い……」

彼の言葉に、アリアは肉食系獣人の優れた嗅覚を思い出すと、改めてここから容易に逃げ切ることなどできないのだと思い知った。同時になぜあれほど簡単に部屋から脱出できたのかを悟り、悔しさがどっと押し寄せてきて息を詰まらせる。

逃げたところで捕まえるのは簡単だから、閉じこめる必要などなかったのだ。

そんなアリアの様子を横目にエルガーはパルナと向かい合うと、不意に右手を前に出した。

「パルナ、ポケットに入っているものを出すんだ」

彼の声は低くて厳しい。パルナと呼ばれた白い少女はさっと表情を強張らせた。

「私は別に……」

「隠しているのは分かっている。出すんだ」

エルガーにもう一度そう促され、彼女は渋々といった感じで服のポケットから小瓶を取り出した。

「あ……それ」

二人のやりとりを見守っていたアリアが思わず声を出したのは、特徴的な赤いラベルが貼られたその小瓶を見たことがあったからだ。

(確かあれは……)

パルナがポケットから出したのは有名な塗り薬だった。

ティルマティ家に常備されていたのでアリア自身も使ったことがあるが、切り傷や皮膚のかぶれなど、外傷を負った部位の炎症を防ぐ効果が非常に高い。医療の未熟さゆえに小さな傷が悪化して命に関わることも多いこの国では、画期的な薬として扱われていた。

しかし外国で開発されて専売されているため輸入することでしか手に入らず、富裕層でないと手が出せないほど高値なのだ。

「また羽を売ったのか」

「三本だけよ……お母さんの傷、ずいぶんよくなってきてるの。私の羽はまた生えてくるから」

「前にも言ったはずだ。パルナの売った羽が新しいものだと知った人間が、しらみつぶしに鳥型獣人を探しはじめるかもしれないんだぞ。パルナだけじゃなく仲間が危険に晒《さら》される」

エルガーは一つ一つ言い聞かせるように、ゆっくりと静かに話していた。

しかしパルナは小瓶を握りしめたまま、反抗的な視線をエルガーに向け続ける。

「パルナのお母さんはね、片腕ごと人間にもがれたんだよ。その時の傷が今も癒えていないんだ」

「……！」

アリアの耳元で不意に囁いたのはジュゼである。

彼は相変わらず笑顔だったが、その目は笑ってはいない。いや、それどころか、怒りを笑顔の仮面で隠しているのが彼女にも分かった。

（あの美しい羽毛をお金に……）

アリアには羽毛を失う痛みは分からない。しかし自分の体の一部を売るのだと想像すれば、多少なりともその痛みが想像できた。そしてどんな大切なものでも母親の命と引き換えなら、躊躇なくそれを手放すだろうとも。

アリアの母親はもういない。しかし自分の命を半分に分けて母に渡すことができていたなら、と思ったことは一度や二度ではない。

「エルガーは勝手だわ！」

不意に怒りを滲ませたパルナの声が、山間の集落に響いた。

小さな静寂が戻ってきた時にはもう、彼女の腕からザッと音を立てて真っ白な羽が出現しはじめていた。

「エルガーだって、危険だって分かっているのにこの人を連れてきたじゃない。村のみんなも不安がってるわ。この人を追って人間が来るんじゃないかって！」

パルナは美しい翼が生えそろう前に羽ばたきをはじめる。

目の前で起こっている出来事があまりに神秘的で、アリアはただ見とれるしかなかった。

バサッバサッと力強い羽ばたきと共に少女の体が宙に浮いたかと思うと、一陣の風が彼女をさらっていった。

アリアとエルガーとジュゼ――大地に囚われている生きものは、ただ青い空を見上げるしかない。

「美しい一族だ」

パルナが雲のあいだを旋回する様子を眺めながら、ジュゼがのんびりと言う。

しかしアリアは鳥型獣人の美しさにただ感嘆してはいられなかった。大空を見上げながら、あの美しい翼がもがれ、人間の装飾品となっている現実を彼女は見ていた。

知識として本で読んでいた時は過ぎ去った歴史の一部だった。しかし腕ごともがれた痛みに苦しんでいる鳥型獣人は今もいるのだ。

じくじくとする心の痛みは、今まで見えてなかった世界が見えはじめた開眼の痛みでもあった。

（あ……）

　ふと視線を落としたアリアは自分の腕に嵌まっている装飾品を見て、ほとんど無意識でそれを抜き取っていた。

「これをさっきの女の子に……パルナに渡して下さい」

　抜き取った腕輪をエルガーに押しつけるようにして渡す。装飾品のなくなった腕は軽く、それを喜んでいるようだった。

「お金になると思うんです。宝石を外して土台を溶かせば、元の所有者が誰かも分からないはずです。羽を売る代わりに……」

「……大切なものじゃないのか？」

　エルガーはしばらくのあいだ豪華な腕輪に視線を落としたあと、ぽつりとそう言った。

　気遣いとも取れる言葉に、狼狽《うろた》えたのはアリアの方だった。〝地獄に堕とす〟と言いながらも、不意に見せる彼の優しさをどう受け止めていいのか分からない。

「私にとって大切なものではありません。他の装飾品もすべて差し上げます。さっきの女の子がここは迫害された獣人の村だと言っていました。もし他に困っている人がいれば使って下さい」

「……偽善で自分が助かるとでも？」

「偽善なんかじゃ……！」

エルガーの言葉にカッとなったアリアは思わず声を荒らげたが、すぐに言葉を呑み込んだ。

彼から優しさに似たものを感じる時はあるが、それよりも大きな憎しみが向けられているのは分かっていた。

自分の言葉は真っ直ぐ彼の心まで届かないのだろうと悟る。

「偽善でも何でも……役に立てるならいいでしょう」

それだけ言ってアリアはエルガーから顔を逸らす。

彼の視線が追いかけてきているのを感じたが、もう話す気分でもなく口をへの字に結んだ。

「さ、家に帰ろうか」

アリアとエルガーのあいだにやってきたジュゼが二人の背中をポンと押した。

アリアは促されるままに大人しく彼に従い、下りてきた坂道を今度は上っていく。

逃げることを諦めたわけではなかったが、簡単にいかないのは身をもって理解した。

逃亡するにしてもきちんと計画を立てなければまたすぐに捕まるか、銀の樹海で野垂《のた》れ死ぬだけだろう。

（それに……逃げてどこに？　私はどこに行けばいいの……）

前を歩くエルガーとジュゼの背中を見ながら、アリアは答えを探す。さらわれたその瞬間から、彼女は戻るべき道を見失っていた。

◇　◇　◇

この日を境に、アリアには囚われ人とは思えぬほどの自由が与えられるようになった。

エルガーとジュゼが暮らす住居内はもちろん、戸外への散歩も許されたし、行こうと思えば銀の樹海にも足を踏み入れることができた。

ただ、どこにいても兄弟のどちらかが自分の行動を把握しているであろうことは、動物的直感がないアリアでも感じられた。つまりは愛玩動物《ペット》を放し飼いにしたようなものである。

実際にアリアがこの六日間で探索したのは住居内と、その周辺が精一杯だった。

兄弟二人が暮らす家屋は集落では大きい方で、大邸宅とはいかずとも屋敷とも呼べるほどの広さがあった。

アリアに与えられた部屋は一階の一番奥にあり、エルガーとジュゼは二階にあるそれぞれの部屋を使っている。

日中は十人ほどの子供たちや、子供たちの世話をしている年配の獣人女性が絶え間なく出入りしており、居間や台所は個人宅とは思えないほど騒がしかった。

というのも屋敷のすぐ隣には、親を亡くした獣人孤児たちが暮らす別棟があり、兄弟の家は学び舎として、遊び場として、子供たちが家族らしさを感じられる場所として開放されていたからだ。

子供たちの境遇についてアリアは想像を巡らせることしかできなかったが、パルナが『エルガーは迫害されている獣人たちのためにこの村を作った』と言っていたことを思い出せば、人間たちから逃れてきた子供たちであるのは想像に難くなかった。

猿型、山羊型、牛型——子供たちの種族は色々だったが、幸いなことにみんなアリアとすぐに打ち解けた。

もちろん最初は警戒心を見せた子供もいたが、アリア自身が〝友だち〟という存在を知らずに生きてきたので、みんなと仲良くなりたくて、大きな子供のように輪のなかに飛び込んでいったのだ。怖い人間しか知らなかった子供たちも、アリアのそんな様子を前にしては仲間として受け入れるしかなかった。

目下、アリアの目標は十人ほどいる子供たちの顔と名前を一致させることである。

あの日以来エルガーもジュゼも必要以上にアリアに構うことはなく、正直なところ子供たちに囲まれて過ごす日々は予想に反して楽しかった。

とはいっても、なぜ自分がここに連れてこられたのかいまだに分からない以上、また襲われるのではないかという警戒心や不安はもちろん消えることはない。

二人の兄弟が単純な性的欲求を処理するためだけに自分を犯そうとしたのではないことは、アリアもすでに感じていた。だからこそ想像もできないほどの不幸な未来が待ち受けているのではないかと、心がざわめき続けるのだ。

——何が目的なの？

——私はどうなるの？

何度そう訊ねようと思ったことだろう。

しかし同時に子供たちの遊び相手になっているエルガーとジュゼを見ていると、何も訊ねなければこの平和な日々が続くような気がしてきて、言葉は声にならなかった。

実際のところ、エルガーとジュゼはそれぞれ性格が異なるものの、アリアの食事に気を配ったり、新しい服を用意したりと面倒見もよく親切でさえあった。

気さくに話しかけてくるジュゼなどは特に子供のような無邪気さを感じる時もあり、あの日「大人しくしていれば気持ちよくなる」と言ったのが本当に彼だったのかさえ信じられなくなってくる。

（触れられた時の嫌な感覚がまだ肌に残っているのに……）

アリアはここの生活に馴染《なじ》んでいく自分を感じながら、薄氷の上に立ち止まっているようだとも思う。いつ割れるとも知れない氷上から逃れなければならないのに、一歩前に進むとバリバリと氷が割れて底なしの水中に落ちてしまいそうな恐怖で足が竦んでいるのだ。

未来を知るのが怖かった。

そして結局は何もできないまま、アリアは夜空を見上げて星に祈るしかなかった。この平穏が長く続きますようにと。

存分に夜空を眺めたあと、寝台で横になるとすぐに眠りがやってきた。

日中、子供たちと共に木の実の粉ひきをしていたので、心地いい疲労感がアリアを睡眠へと誘っていく。

ティルマティ家では粉ひきなどしたことがなかったアリアだが、自給自足が基本のこの集落では子供たちでさえぼんやりしている時間はない。見よう見まねで家事を手伝うようになっていた。

どれほど眠りを貪ったのか——アリアは妙に体が火照っていく感覚で目を覚ました。

重い瞼を開けた瞬間、異変に気がつく。

消したはずの蝋燭《ろうそく》に火が灯っており、橙色の光が揺れていた。

（え？　この匂い……）

部屋に独特の香りが漂っていた。

脳に絡みついてくるような甘さと、香辛料に似た刺激が混じり合った香りである。

何が起きているのか確かめようと体を起こそうとしたが上手くいかない。意識内では四肢を動かしているのに、実際はほとんど動いていなかった。

それに夢のなかのようにぼんやりとしているものの、手に当たる敷布の肌触りは皮膚の裏側をくすぐられているかのごとく敏感だった。

（何か体がおかしい……ムズムズする）

溶けゆく思考でそう考えていると、不躾に扉が開いた。

「ああ……起きたんだね、アリア」

ジュゼだった。続いてエルガーも入ってくる。

二人は蝋燭の灯りのなかに立ち、同じ金色の目でアリアの様子を眺めている。

「何を……この、匂いは……」

出した声が遠くで聞こえるような不思議な感覚だった。

「ルクの皮を焚いている。銀の樹海に自生する木の皮で危険性はない」

いつにも増して不機嫌に言ったエルガーにジュゼが言葉を足す。

「少し匂いが強いけど、この匂いに催淫効果があるんだよ」

「サイイ……？」

「気持ちよくなるってこと。お互いにその方がやりやすいからね」

その言葉の意味をすべて理解したわけではなかったが、すぐに以前のことを思い出し、アリアは寝台から逃げようと体を動かした。

ところが体の骨が抜けたみたいに力が入らず、起き上がることさえままならない。

「ルクの皮は運動神経を麻痺させ、感覚神経を敏感にさせる」

淡々と説明したエルガーの声が恐怖と結びつき、アリアの喉を圧迫していく。

そんな彼女の恐怖など素知らぬ様子でジュゼは鼻歌を歌いながら見たことのある小瓶を取り出すと、中身を自分の指に絡める。

粘着質な液体が、ぐちゅぐちゅとやけに大きく彼の指のあいだで音を立てた。

「や、めて……」

ジュゼが寝台に上がってきた時にはもう、アリアはこれから何が起こるのか明確に分かっていた。

両脚を閉じようとするが体に力が入っていかない。それどころか脚の付け根の辺りがむずむずと熱く、そこが気になって仕方がなかった。

「脚を開いて。大丈夫、怖くない」

「触ら、ない、で……」

寝台に上がってきたジュゼは、アリアの脚の形を確かめるようにゆっくりと撫でていく。触られることには嫌悪感しかないのに、信じられないことに肌はその感覚を悦んでいた。

もっと触ってほしい、触ってほしくない、逃げたい、逃げたくない——まるで自分の体が自分のものではないような感覚。

それは恐怖でしかなく、アリアは涙を流しながら何度も首を横に振った。

「助け……て……」

アリアは一縷《いちる》の望みを持ってエルガーに視線を向ける。

エルガーは部屋の片隅にただ立っていた。眉間に皺を刻んでまるで自分が苦難の最中にいるように顔を歪め、アリアの声を聞いても動こうとはしない。

「ん！　……っあぁ……！」

アリアが細い声で啼いたのは、太ももを撫でていたジュゼの指がさらに上へとやってきて、秘めやかな茂みに到達したからだ。

彼女自身は拒否しているのに両脚は小さく開き、指の侵入を簡単に許してしまう。

「いや、ぃやぁ……」

逃げたいのに体に力が入らない。涙が溢れ、川底にでもいるように視界が歪んだ。

「ジュゼ、ルクの皮が効いていないんじゃないのか？」

不意にエルガーの声がして、ジュゼは指の動きを止めた。

「効いてるよ。すごく濡れてきているし、ものほしそうに腰が揺れている。すぐに理性だって消えてなくなる」

兄にそう答えると、ジュゼの指は再び動き出し淫裂の奥へと進んでいった。

彼の指には迷いがなく、的確に女性の体の敏感な部分を見つけると、そこを掘り起こすように刺激を送りはじめる。

「ぁあぁぁぁ……」

彼女の体はさらなる刺激を求めてくねくねと艶めかしく揺れはじめていた。

「アリアの気持ちいいところ、可愛く腫れてるね。ほらエルガーも突っ立ってないで見てごらんよ。とろっとろだ」

「やめっ……んっぁああっ！　見ないで！」

ジュゼの指で執拗に捏《こ》ねまわされ、アリアの陰核はぷっくりと赤く膨れていた。

肉襞から飛び出したその突起をジュゼは摘まみ上げ、宝石でも磨くようにさらにくにゅくにゅと左右にこすり上げていく。

「ぁああ……や……こんなの、ひど、い……」

言葉ではそう言っていたが、アリアは強烈な快感に溺《おぼ》れていた。催淫効果によって通常の何倍も敏感になった肉体は、早く絶頂を摑みたくて飢えている。

しかしそれと同時にまだ手放さずにいる理性が、こんな卑劣な行為に屈してはだめだとアリアを叱咤していた。

快楽に堕ちてしまえれば楽だっただろう。だが彼女の矜持《きょうじ》が理性にしがみついていた。

「そこ、だめ……おかしくなる……あ、あぁぁぁ…」

「人間というのは、残酷だけど美しい生きものだね」

ジュゼはそう言うとアリアの服をたくし上げ、乳房に指を這わせた。

催淫効果のせいで胸の突起も硬く膨れており、敏感になっていた。

ジュゼの指先が胸の先端を弾きはじめると、アリアはもう自分がどこで感じているのか分からなくなった。

「あぁぁ、……くる……あ、あ、何か……ああああああ……」

ジュゼの指の動きと共にぐちゅん、ぐちゅん、と淫猥《いんわい》な水音が響き、アリアは己の体が溶け堕ちているのだと観念する。

それは野獣にぱくりと食べられてしまったような快楽の頂点だった。

世界の果てに飛ばされたアリアは、一人迷子のようにふわふわと意識を漂わせる。

すぐ近くの遠いどこかで声がしていた。

「……十分だな。エルガー、先に挿《い》れる？」

「いや、俺はしない。それよりお前は……いいのか？」

「僕は大丈夫だよ。エルガーみたいに優しくはないからね。人間の腹から生まれた子に愛着なんて持たない自信はある。ただ……」

「ただ？」

「これは不幸の連鎖だ」

「分かっている」

「そうか……元よりそれが望みか」

初めての絶頂に揺さぶられ続けているアリアは兄弟が話していることを理解できない。

体は火照って熱く、いつまで経っても意識と肉体がきっちりと重なり合っていなかった。

「アリア、僕の尻尾、気に入った？」

ジュゼにそう声をかけられ、アリアは無意識に指先に当たるジュゼの尻尾を撫でていたことに気がついた。

エルガーは相変わらず部屋の一角から二人の様子を見守っている。いや、見守っていると言うにはあまりに鋭い視線で、まるで死刑執行を見届けようとでもしているようだった。

ジュゼは尻尾でアリアを愛でながら、まずシャツを脱ぎ捨て、次に下穿きも脱ぐと一糸纏わぬ姿を晒した。

よく磨かれた銃身のような黒みを帯びた肌。興奮により獣化が少し進んでおり、いつもは引き締まった皮膚だけの肌に、今はしなやかで短く黒い獣毛が生えている。

そして筋肉質な腹部から少し視線を下げると、そこにはジュゼの男性器があった。

「え……」

催淫効果に酩酊していたアリアだったが、それを見た瞬間、本能が危険信号を発した。

男性の全裸を見たことさえ初めてなので、興奮状態にある性器など今まで想像したこともなかった。しかも獣人のものは人間とは異なる。

ジュゼのそれは彼の本体と同じく黒々としており、勃《た》ち上がった様はヘソを隠すほど雄々しかった。そして男茎の部分には幾何学模様でも描くように規則的に細かい棘が並んでいた。

「怖がらないで。見た目ほど痛くはないし、悪くないはずだ。豹型との性交は一度経験するとやみつきになる人間もいるくらいだからね」

アリアの表情に恐怖が走ったのを見て、ジュゼがいつもの明るい声を出す。

エルガーの低く澄んだ声と比べるとジュゼは華のある声をしており、優しげな声色を発すると歌っているかのようだった。

「触ってみたらいい。棘はそれほど硬くはないんだ」

ジュゼは腕を伸ばすとアリアの手を取り、有無を言わさず自分の黒々とした男性器へ導いた。そして彼女の小さな手を上から握り、それをしっかりと握らせる。

ジュゼの言った通りアリアの手の平に触れた微棘《びきょく》は見た目よりも硬くはなく、弾力のあるものだった。手で感じる分には、先端も痛いというほどではない。

とはいえ、ドクドクと血潮を感じる雄茎自身は熱く、硬く、巨大で、アリアは今から何がはじまるのか考えたくもなかった。

「何を……する、つもりなの？　これ以上は……ダメ……」

「アリア、お前はもう逃げられないんだ」

そう言ったのはジュゼではなくエルガーだった。

彼は獲物を狙う獣のようにゆっくりと寝台のそばまでやってくると、冴えた金色の瞳でアリアを見下ろす。

「お、願い……エルガー、助け、て……」

「俺はお前を地獄に堕とすためにここに連れてきたと言っただろ。逃がすことはできない。共に地獄に堕ちるんだ」

「三人で堕ちよう。三人で……苦しみ続けるんだ」

ジュゼは小さな笑みと共に兄の言葉を引き継ぐと、アリアの膝を抱え込んで体を前に倒していった。

「うぅ……っ……やめ、やめて……」

先ほどの愛撫によってすっかり開いたままになっている淫花のあいだに、ジュゼの肉塊があてがわれる。

呼吸も止まるような圧迫感。

人間から見れば異形にも見えるそれはアリアの蜜口を限界まで押し広げ、ゆっくりと侵入してくると、内側の肉をじゅくじゅくと犯していく。

「ひっ、ぅうう……んんっ」

蝋燭の光が揺らめく部屋に、アリアの切ない嬌声とジュゼの荒い息遣いが混じり合い、満ちていく。

太陽と月が重なるようなゆっくりとした挿入はアリアを傷つけないためのものだった。

「ここで行き止まりか。全部は挿《はい》らないね……でもすごく素敵だ……狭くて、熱くて、締めつけてくる」

ジュゼは最奥まで進むと、覆い被さった体勢のまま彼女の長い髪に指を絡めながら囁いた。

アリアは喉奥から呻き声を漏らす以外に何もできない。

下肢をぎしぎしと苛む刺激は間違いなく痛みなのだが、不思議なことに彼女の肉体はさらにその痛みを求めるように腰をくねらせはじめていた。

みっちりと隙間なく嵌まった男茎は、細かい棘でアリアの媚肉にしっかりと食い込んでいる。動けば逆棘《さかとげ》となったそこがさらにアリアを苛むというのに、彼女は自ら動いているのだ。

「これ……何で……ぁあ……痛いのに……」

アリアは首を横に振りながら、痛みが快感に変化していく不思議な感覚に夢中になっていた。

彼女の求めに応じるように、ジュゼも小さく腰を動かしはじめる。

細波《さざなみ》のように絶え間なくやってくる愉悦が体を駆け上がる。

彼女がビクビクと痙攣《けいれん》すると同時に、塞がれていない小さい穴から淫水が溢れ出た。

「やだ……見ないで……こんなの……恥ずかしい」

　指で愛撫されていた時よりも勢いよく溢れる淫水は幼児の粗相と似ていて、アリアは顔を真っ赤にして恥辱に呻いた。

　交接相手であるジュゼよりも、ただ傍観しているエルガーにはしたない姿を晒しているのが恥ずかしかった。

　快感を共有しているジュゼの情熱的な視線とは異なり、エルガーの視線はどこまでも冷たく、淫らに堕ちた彼女を侮蔑しているようにも見える。

「アリアがこうなるのは仕方がないよ。なにせ膀胱もぺっしゃんこになるほど、僕ので押し上げているんだから……恥ずかしがらずにもっと見せて……」

　ジュゼはアリアの腰を持ち上げると、交接部分を天に晒す。そして直角に貫いた状態で、上下左右に男茎を揺らしてさらに快感を与えた。

「いや、いや……あぁぁ……」

　アリアはますます羞恥に震える。

　しかし催淫効果にどっぷりと浸っている肉体は理性など吹き飛ばしてしまえと言わんばかりに、肌を真っ赤に染めて快感を味わい尽くそうとしていた。

「男はね、女性の乱れる姿を見て興奮する生きものなんだよ。ほら、アリアの姿を見てエルガーも興奮している……」

ジュゼはアリアの顎に軽く手を添え、隣にいるエルガーに視線を導いた。

陶酔の最中にいたアリアは、本能の赴くままエルガーの腰回りに目をやっていた。

エルガーは下穿きを着たままだったが、男性器が膨張し、強く勃ち上がったことにより上半分ほどが露出していた。

ジュゼが「往生際が悪いな」と苦笑しながら腕を伸ばし、兄の下穿きを引き下げる。

悪戯《いたずら》好きな弟に小さく舌打ちしたものの、エルガーは露出したそれを隠そうとはしなかった。

エルガーのそこはジュゼのものとは違っていた。

大きさはジュゼと大差なく太枝が突き出ているように雄々しい。肌の色が白いエルガーは男性器も当然ながら肌とそれほど変わらぬ色合いで、充血した先端部分だけが赤黒く艶めいていた。

何よりも一番の違いはエルガーのそこには鋭い棘がなかった。代わりにあるのは棘の先端が失われたような小さな隆起だけである。

同じ豹型獣人の兄弟なのに、性器の特徴が大きく異なっていることに、この時のアリアは疑問など持たなかった。

ジュゼに貫かれ、細かく体を揺すられるほどに高まる愉悦が彼女の思考を奪っていた。

「エルガーも気持ちよくなりたいって」

荒い息を吐きながら、ジュゼが婀娜《あだ》っぽく囁《ささや》く。

彼はアリアの顎を一撫でしてから口のなかに指を差し入れると、彼女の舌を弄びはじめた。

催淫効果にどっぷりと浸っていると、食べるための器官が性的な器官へと変わっていた。

「大きく口を開けて」

ジュゼに導かれるままに、アリアはエルガーの雄肉を唇で迎えた。

これが恥ずかしい行為なのかどうかも考えられない。脳は完全に快楽に堕ちていた。

「……っく……あぁ、アリア……お前は……」

エルガーの切ない声は途中で消えた。

男性を魅惑する方法などアリアは知らない。ただ快感によって研ぎ澄まされた本能が、どうすればいいのか彼女に教えていた。

あとは二人の男たちの獣じみた呻き声が夜を埋めていく。

アリアは口腔を埋め尽くすエルガーの欲望を上下の唇で丹念に摩擦し、その形を覚えようとするかのように舌で隅々まで舐めまわしていた。

わずかに残っていた羞恥は消え去り、今はただ官能に酔う。

エルガーの男茎に並ぶ突起はコリコリとアリアの舌を刺激し、動かすたびに彼女の頬の内側を愛撫していた。

唾液で唇を滑らせながら肉塊を貪るほどにエルガーの息は荒くなり、その呼吸音を聞いてアリアもまた濡れていく。

「エルガーのしゃぶるのは気持ちいい？　アリアのここ、さっきからすごく締めつけてくる……僕もそろそろ限界だな」

ジュゼは囁くようにそう言うと、ゆっくりと腰を引き、そして力強く押し込んだ。

今までになかった大きな抽送にアリアは喉の奥で悲鳴を上げる。

「んんん……」

声にならないのはエルガーのものがアリアの口を占領していたからだ。

彼女が存分に声を出せるよう、エルガーは腰を引くとまるで口淫のお礼でもするかのように長い黒髪を撫でた。

髪を通して伝わってくる指遣いがあまりに愛おしげで、アリアはハッとエルガーを見上げる。ひとたび彼と視線が交わると、それがほどけることはなかった。

「あ、あ、ぃや……あぁぁ……」

アリアはエルガーと見つめ合ったまま、ジュゼに深く、鋭く穿たれる。

それはあまりに苦しく、激しく、強い快感で、アリアは己の肉体に翻弄《ほんろう》されながら兄弟のどちらに犯されているのかさえ分からなくなっていた。

やがて暴力的ともいえる喜悦がアリアを連れ去っていく。

絶頂の瞬間、彼女は声帯をもその恍惚感に奪われ、ただビクビクと体を痙攣させた。

「アリア、ごめんね……」

不意にジュゼの声が聞こえてきたかと思うと、下肢に熱を感じた。

その熱は内側をたっぷりと満たし、さらに奥へ奥へと侵食してきた。

――熱い、熱い、熱い。

アリアは急速にやってきた眠気のなかで体を捩る。

やがてずるりと下肢の圧迫感が抜け落ち、その瞬間アリアはこの狂気が終わったのだと悟った。

「たっぷりと眠るんだアリア」

エルガーの声と共に、自分の髪を撫でる指を感じた。

アリアは深い深い、地獄の底のように深い眠りへと堕ちていく。

第三章　過去に降る涙

目覚めた時、アリアはすべてが夢だったのだと思った。

夢魔が与えた淫猥で屈辱的な悪夢だったのだと。

扉の向こうからはかすかに子供たちの声が聞こえ、窯でパンが焼ける香りが漂ってきている。その香ばしい匂いはアリアの鼻をくすぐったあと、開け放たれた窓から戸外へと流れていった。

パンが焼き上がるのは昼前だから思わぬ寝坊ではあったが、それを除けばいつもと変わらぬ新しい一日のように思えた。

いや、アリアはそう思いたかった。

寝台の上で四肢を伸ばしながら思いっきり深呼吸をした瞬間、体がギシッと錆《さ》びついたように痛んだ。

その痛みに悪夢の余韻を感じながら、アリアは厳しい表情で上掛けをめくってまじまじと自分の体を眺める。

そこには夢で終わらせることができない現実があった。

彼女が着ている寝衣は見覚えのない新しいもので、敷布にはすでに乾いてはいるもののいくつかの染みがあった。

深く眠っているあいだに誰かが新しい寝衣をアリアに着せたのだ。

やはり昨晩のことは現実だったのだと自覚した瞬間、呼吸も忘れるような羞恥がどっと押し寄せてきて、アリアは寝台から飛び起きた。

立ち上がったとたん、ドロリとした液体が自分の内側から流れ落ちてきた感覚があった。

突然のことで訳が分からず、床を汚した白濁液を呆然と凝視する。

よく見れば一部に赤が混じっており、それが血液であるのは容易に想像ができた。なぜなら立った時に、下肢の深い部分に痛みを感じたからだ。

(出血は私だとしても……これはジュゼの……)

外界から閉ざされて暮らしてきたアリアには閨房に関する知識がほとんどない。それでも結婚するにあたって、侍女から床入りの作法をごく簡単に教えられていた。『お種をいただけるように』と。

彼女が〝お種〟と呼ぶものが何なのかその時は分からなかったが、あのような形で男女の交わりを経験してみれば、これがそうなのだろうと想像がついた。

自分の内側から垂れ落ちてくるそれを綿布で拭き取りながら、アリアは止まらない涙をほろほろと床に落とす。

自分が恥ずかしくて堪らなかった。

催淫状態にあったことからすべての記憶がはっきりと残っているわけではなかったが、尋常でないほど乱れていたことは覚えている。まともに拒絶できなかったことも。

アリアはこのまま自分の存在が消えてなくなってしまえたら、と願った。しかしそれと同時に涙が溢れるほどの強烈な怒りも湧き起こってきていた。

（なぜ……なぜあんな卑劣なことを……）

さらわれた結果とはいえ、アリアはこの集落での生活が嫌ではなくなっていたのだ。

ティルマティ家で暮らしていた時よりずっと自由があって、ここで暮らしているとやっとまともに呼吸ができるようになった感覚があった。

粉ひきを手伝ったり食事の準備を手伝ったりと、自分が誰かの役に立っていると感じることができたのも嬉しかった。

エルガーとジュゼに関しても、日々の生活のなかで悪人だとは思えなくなっていた。

（二人を信じようとした私が愚かだった……）

初めてジュゼに触れられた日に、いつかこうなるだろうという危険は十分に感じていた。それなのに現実から目を逸らし、彼らを好意的に見ようとしていた己のお人好し加減に嫌気がさす。

エルガーとジュゼが孤児たちの世話をよく焼いていること、毎日のように村人たちが二人を頼って相談に来ていること、この共同体が兄弟の努力によって保たれていることなどを見るにつけ、敬意のようなものを感じ、自分もまた彼らの保護下にあるのだという錯覚に陥っていたのだ。

彼らが誠実でいるのは獣人族に対してだけなのだと知っていたはずなのに。

(逃げるべきだった……でも、今さら後悔しても遅い……)

犯され、汚された。破壊されたものは二度と戻ってこない。

アリアは手の甲で涙を拭い、軋む体で平服に着替えて身なりを整える。

思考は忙しく動きはじめていたが、この先どうすればいいのかまったく分からなかった。

このままここにいてはまた怪しげな香を吸わされ、自我を失い、陵辱される――逃げなくてはいけないと思うものの、一度失敗しているだけにここからの逃走がいかに困難かも理解していた。

獣人族の嗅覚をもってすれば、人間の匂いを辿ることなど造作もないのだ。

(私は死ぬべきなのかもしれない……)

出し抜けに暗影が彼女の心に忍び寄ってきた。

カナンシャ王国では、結婚前に〝辱《はずかし》めを受けた〟とされる女性が自害することがあった。花嫁は処女であるべき、という不文律があるゆえである。

特に相手が獣人の男性だと、一族全体が〝汚れた女性を匿《かくま》う家〟と見られる。ゆえに本人の意思とは関係なく、身内から自害を促される場合もあった。

「いや！」

死の気配をアリアは全身を震わせて拒絶する。

こんな理不尽な理由で人生を終わらせたくはない。体のなかで渦巻く怒りが、生への執着へと変化していた。

昨夜の痛みをじくじくと感じながらも、部屋のなかをぐるぐると歩き回る。止まっていると死の影に呑み込まれそうで怖かった。

その時、不意に扉がノックされ、アリアはギクリと足を止めた。

「入るよ」

声の主、ジュゼは返事を待たずに部屋に入ってきた。

扉が開いたと同時にできたてのパンの香りも一緒に入ってきたが、この時ばかりはその馥郁《ふくいく》たる香りも彼女の食欲を刺激しなかった。

「なぜ！」

アリアは気がつくと、自分でも驚くような勢いでジュゼに摑みかかっていた。

彼の着ている服の襟首を摑み、二度三度揺さぶったあと、不気味なほどに穏やかなジュゼの瞳と出会って手を放す。

彼の金色の瞳には哀れみの色があった。それがアリアの怒りをさらに膨らませた。

――殺してやりたい。

そんな狂気に駆られ、アリアは強く握りしめた拳でジュゼの胸部を力一杯叩く。

ドンッと鈍い音がしたが、彼女の力ではジュゼの逞しい体軀はそよ風に揺れる巨木ぐらいにしか動かなかった。

それが悔しくてアリアはまた拳を振り上げる。

「どうしてなの！　どうしてこんなひどいことを……」

なぜ自分がこんな目に遭わなければいけないのか。

嗚咽を上げて泣きながら、アリアは何度も何度もジュゼに拳を打ちつけた。

心臓を打ち抜くような憤怒《ふんぬ》の拳を彼は無言で受け止める。

「外で少し話をしよう」

ジュゼがそう言ったのは、アリアの腕が疲れ果てて止まった時だった。

ジュゼが向かったのは屋敷の前庭だった。

庭といってもこの集落は傾斜地を開拓した土地なので、優雅な貴族の屋敷のそれとはかけ離れている。岩を集めて階段状に作られたそこは繁殖力の強い雑草が限られた土地を奪い合い、名もない小さな花を咲かせていた。

ジュゼは段差に腰を下ろしたあと、隣に座るようアリアに視線を送った。しかしまだグツグツと怒りを溜め込んでいる彼女は、それに従うことなどできない。二人でいることさえ落ち着かず、二、三歩離れた場所で立ち尽くした。

唯一、戸外の開放感が彼女をここに押し留めていた。

新鮮な空気をも軋ませるような沈黙が二人のあいだに満ちはじめた時、ジュゼが声を発した。

「……エルガーには話さなくていいって言われたんだけど……僕はアリアもすべてを知るべきだと思うから伝えるよ」

遠慮がちに語られた前置きはどこかもったいぶった感じがして、それさえも腹立たしくなる。

しかしジュゼが次に語りはじめたことに、アリアは耳をそばだてずにはいられなかった。もし彼女に獣人のような耳があれば、ピクピクと動いていたことだろう。

「アリアは覚えているかな？　ティルマティ家で働いていた豹型獣人の一家を……」

「覚えているわ。やっぱりあの家族は……」

ジュゼは虚ろな笑顔でアリアに頷いてみせる。

彼は笑顔の時が多いが、その表情が決して〝幸福〟と繋がっているわけではないことにはアリアも気がつきはじめていた。

「僕たち一家はティルマティ家で下働きをしていた。まだあの頃はアリアのお母さんも生きていて、屋敷ではたくさんの獣人が雇われていたよね」

「エルガーのことはよく覚えているの。彼は十代中頃で……庭師だったご両親と一緒に仕事をしているのをよく見かけたわ。でもジュゼを見かけた記憶はないの」

「僕とエルガーは七歳も年齢が離れているんだ。豹型は見た目の老化が穏やかだから、外見では分かりづらいんだけど……。当時の僕はまだ小さくて仕事はできなかったから、使用人たち用の住居で一日中過ごしていた」

アリアは多くの獣人たちが働いていた頃のティルマティ家を思い出す。

人間と獣人で構成された使用人たちは規則正しく働き、敷地の一角に与えられた専用の住居は居心地よく暮らせるよう整えられたものだった。

この頃の彼女の記憶は、すべて春のようにふんわりとした明るい色が付いている。

アリアの母リディィカが生きていた頃のティルマティ家での日々は、幼かった彼女にとっても調和の取れた幸せなものだった。

「何もかもが一日で変わってしまった……」

そう言ったジュゼの言葉にアリアは同意せずにはいられなかった。

馬丁として働いていた狼型獣人にリディィカが殺された日、何もかもが変わってしまったのだ。

犯行現場は狼型獣人の仕事場である厩舎《きゅうしゃ》だった。

近くを通りかかったゴアが妻の叫び声を聞いて駆けつけた時にはもう、血まみれとなった干し草の上に、リディィカが倒れている状態だったという。

興奮で獣化が進んだ男の手には血に濡れた草刈り鎌が握られており、ゴアが妻の変わり果てた姿に呆然としている隙をついて、獣は二人目の獲物に襲いかかった。

ゴアが命を永らえたのは、たまたま街に出かける前で護身用の銃を携帯していたからだ。

獣化でいつにも増して屈強となった男は一発目の弾丸を受けただけでは倒れなかったが、二発、三発、四発と弾丸を撃ち込まれた末に絶命した。

その日のうちにやってきた捜査官はリディカの死体に体液が付着しているのを確認し、発情期に己の制御を失った狼型獣人の犯行であると、ゴアの正当防衛を確定した。

「お母様が亡くなって……あの日以来お父様はおかしくなってしまったわ。獣人たちを次々に解雇して、すごく神経質になって、異様に私に……」

アリアはそこで言葉を途切れさせ、苦い記憶を噛みしめる。

妻を喪ってからゴアはひどくアリアに執着するようになった。

当時わずか七歳だった彼女は最初その異様さに気がつかなかったが、成長するに従って長々と口づけをされたり、体を撫で回されたりすることが普通ではないと理解できるようになった。

嫌悪を覚えながらも強く拒絶できなかったのは、父親の心に空いた大きな隙間を痛いほどに理解していたからだ。耐えがたい悲憤に暮れ、それを癒やすために娘を妻の代替えにしていることを知っていた。

「奥方様を……アリアのお母さんを殺したのは狼型獣人ではないよ」

「……え?」

ジュゼが静かに発した言葉に、アリアは思わず前のめりになった。

銀の樹海から湧き立つ靄が二人のあいだに音もなく漂いはじめ、視界を奪っていく。

彼の言葉を見失いたくなくて、アリアはジュゼに近寄ると隣に膝をついた。

「当時は僕もアリアと同じぐらい子供だったから直接は知らない。だけど僕の父や一部の使用人たちにとって馬丁の狼型獣人が奥方様の恋人であることは周知の事実だった。発情期の暴走なんかじゃない……二人は厩舎でいつものように密会していたんだ」

ジュゼの声はアリアの耳に入ってきていたが、脳はその内容を拒否しようとしていた。

美しく、清純で、優しい母。

一家の幸せの象徴だった母。

「そ、んなの……嘘よ……」

ジュゼは彼女の閉ざされた心を無理矢理開くかのように、強く言葉を続ける。

「獣人族なら誰でも分かる。発情で獣化した肉食系獣人が凶器に草刈り鎌なんて使わない。牙や爪を使うのが本能なんだ。アリアのお母さんには咬傷も爪痕もなかった」

アリアは無意識のうちに首を横に振っていた。もうこの先は聞きたくない。

恋人である狼型獣人に肉体を差し出す母。

裏切りを見た父。

血に濡れた草刈り鎌。

撃ち込まれたいくつもの銃弾。

二人の死体を見下ろす男。

「アリアのお母さんを殺したのはゴアだ」

「……ち、がう……嘘ばっかり」

アリアはジュゼの言葉を振り払うように、首を横に振り続ける。

幼い彼女の目から見ても父は母を溺愛していた。どんな理由があろうと刃《やいば》にかけられるはずがない——そう信じようとするのに、狂気に満ちた目で草刈り鎌を振り上げる父親の姿が思い浮かんだ。

アリアは一度爆発すると怒りが制御できなくなる父親の気質を知っていたし、時にそれが暴力に繋がるのも見てきた。本人が大切にしていた物まで鬱憤《うっぷん》を晴らすために後先考えずに破壊することもあったし、優秀な使用人が撲《ぶ》たれて辞めていったこともある。

いくら心で拒絶しようとも、ジュゼの言葉が心の隙間から忍び込んできた。

青ざめたアリアを横目で見ながら、彼はさらに追い打ちをかけるように言葉を続けた。

「事件のあった当日から、あの屋敷で働いていた獣人の多くがゴアのやったことに気がついていた。だけどみんな見て見ぬフリをしたんだ。告発なんかしても仕事を失うだけだからね」

ジュゼはそこまで言うと不意に言葉を途切れさせ、ギラリと輝く瞳をアリアに向ける。

それは父親を信じようとする彼女に挑むような眼差しだった。

「ただ僕の父さんは、自分の仲間が殺された上に、殺人の汚名まで着せられたことに耐えられなかった。父さんは事件の数日後には自ら屋敷を離れることを決めたんだ。だけどゴアはそれを許さなかった」

「許さなかった？　そんなはずないわ。お母様が亡くなってしばらくしたら、獣人の使用人が一人残らず解雇されたのは私も覚えているもの」

「違う。あの事件を知っている使用人の多くは、ゴアの支配下に置かれ続けた」

アリアの言葉を打ち消したジュゼの声は鋭い。彼は溢れ出そうになる感情を押し殺して拳を握りしめると、さらに痛みを吐き出し続ける。

「父さんが仕事を辞したいと告げた時、ゴアは恐れたんだ。妻殺しが外に漏れるのではないかと……。僕の父さんは逃げられないように拘束され、猜疑心《さいぎしん》に狂ったゴアからひどく鞭打たれた」

「そ、んな……」

「自分の父親のやったことが信じられない？　僕はこの目で見たんだ。棘鞭で傷ついた父の全身を。僕の父さんはボロ布みたいになるまで鞭打たれていた！　あいつは……あの男は……」

いつもは穏やかなジュゼの声が怒りでざらつく。

彼は今まさに目の前でその光景を見ているように喉奥で唸り声を響かせたあと、乱れる感情に体を震わせて押し黙った。

ジュゼが再び口を開いたのは、興奮で一時的に獣化した爪がその鋭さを隠してからだった。

「僕はまだ幼かったけど、あの日のことはよく覚えている。ゴアと話をしに出ていった父さんが夜になっても帰ってこなくて……エルガーも母さんも僕も嫌な予感で寝つけなかった。そうしたら武装した人間たちが深夜にやってきて……僕らは荷馬車に乗せられたんだ。そこに血だらけになった父さんがいた」

ジュゼは過去を見るように、樹海の緑と空の青が混じる遠い彼方に視線を漂わせる。長いあいだ押し黙った彼は、痛みに疼く記憶をもてあましているようだった。

アリアはドクドクと鳴る自分の鼓動を聞くだけで精一杯で、ジュゼにかける言葉もなかった。

「この先の思い出話はエルガーに訊いてほしい。この悪夢の主役は彼なんだから……」

彼はふぅと一つ息を吐き出すと、ぞっとするほど不幸を纏った声でそう言った。

——三人で堕ちよう。三人で苦しみ続けるんだ。

昨晩、混濁した意識のなかで聞いたジュゼの言葉が唐突に蘇ってきて、アリアは体を強張らせる。

それでも「エルガーは屋敷の裏にいると思う」とジュゼに告げられると、すぐに裏庭へ向かった。

すべてを知らなければいけないという気持ちがアリアをせき立てていた。

ティルマティ家で働いていた少年がどんな運命を辿ったのか……。

当時から彼は決して愛想のいい少年ではなかった。それでも幼いアリアが一生懸命に友だちになりたがったのは、言葉にならない彼の優しさを感じていたからだ。

子供というのは誰しも感情を上手く言葉にできない。だから大人よりもずっと心で会話する術を知っている。アリアは少年エルガーの金色の瞳が、いつだって語りかけてきているのを感じていたのだ。

（もう一度あの少年に会いたい……）

過去に戻って未来を変えたい――もちろんそんなことはできないが、彼の過去を知ることで現在の彼らと自分を多少なりとも救える気がした。

向かう先に光など見えない。それでもアリアは痛みに目を瞑っていたくはなかった。

◇◇◇

絶望に絶望を塗り重ねると何色になるのだろうかとエルガーは思う。

きっと黒にはならない。顔をそむけたくなるような醜い色になるのだろう。

(俺の体に流れる血の色は、今そんな色をしているのかもしれない)

力一杯に大地に鍬《くわ》を振り下ろしながら、エルガーは昨晩のことを繰り返し思い出していた。

体力を限界まで使えば思考が止まるかと思って鍬を握ったが、彼の内側に渦巻くひどい嫌悪感は消えていかない。

アリアへの嫌悪ではなく、自分自身への嫌悪である。

(望んだことだったはずなのに……)

弟の男根に貫かれ、喜悦に歪んだアリアの表情、声、香り――思い出すほどにエルガーの心臓は処理しきれない感情に食いちぎられるかのようだった。

そんな苛立ちを振り払おうとエルガーは古い切り株を掘り起こすために根に向けて鍬を振り下ろし続ける。

ゴアに撃たれた肩の傷がまだ完全には癒えておらず、腕を動かすたびにビリビリと痛んだが、今はそれさえも感情の痛みを隠すのに好都合だった。

樹海の奥地に獣人のための隠れ里を作ろうと決めた時、まずは土地を開墾しなければならず、蔓延《はびこ》る木の根や花崗岩を掘り起こす膨大な力仕事の繰り返しだった。

あの時、ヘドロのような感情を大地に叩きつけながら作業をしたが、結局、何年経っても同じ気持ちで鍬を振り下ろしているのだと自覚すると情けなくて堪らない。

不意に作業を止めたのは、アリアの香りを感じたからだった。

近づいてきているのだろう。風に乗ってやってくる香りは次第に濃くなってくる。

花の匂いを思わせるほんのりと甘く優雅な香り。

父に従ってティルマティ家で働きはじめた少年時代に初めて彼女の香りを感じた。あの時から現在に至るまでその印象は変わっていない。穏やかな春の香りである。

エルガーは屋敷の庭園で遊ぶ彼女をよく見かけた。

五歳か六歳か、綺麗な服を着せられた少女はいつも好奇心に満ちた瞳を輝かせており、歳の離れたエルガーを見つけるたびに一生懸命に話しかけてきた。

「水を運ぶの、お手伝いしていい？」

「私、ちっちゃいけど力持ちなのよ。逆立ちだってできるの」

「素敵なお耳ね。私にもそういうふわふわのお耳があったらいいのに」

「このお花あげる。そのお耳に飾ったら似合うわ」

しかしエルガーはいくら話しかけられても彼女に答えたことはなかった。

答えたくともできなかったのだ。

エルガーの一家は『貴族の子供と使用人の子供が親しくするのは好ましくない』とゴアから言い渡されており、主人の厳しさを知っていた両親はエルガーにもその旨をきつく言い聞かせていた。幼いジュゼに至っては、彼女と会わないように行動を制限されていたほどである。

もちろん自分を真っ直ぐに見上げてくる少女を無視することは楽しいはずもなく、聞こえていない素振りで背を向けるエルガーの心はいつだって良心の呵責《かしゃく》に苛まれていた。

一言だけでも言葉を交わすことができたなら――そんなエルガーの気持ちを知ってか知らずか、少女アリアは〝私なら大丈夫〟と語りかけるように微笑みを絶やさなかった。

しかしながらたった一度だけエルガーが思わずアリアに返事をしたことがある。

アリアが一枚の紙をエルガーに手渡した時だった。

「似顔絵を描いてきたの。ほら、ふわふわの黒いお耳上手に描けたでしょ」

「それ僕？　……ありがとう」

思わず発したエルガーの礼に、アリアはハッと大きな黒い瞳をさらに大きくして煌めか

せたあと、口角をきゅっと上げて大きく微笑んだ。

エルガーは今でもはっきりと覚えている。世界中の希望や夢や想像を集めて作ったような純度の高い少女の瞳を。

アリアが描いた似顔絵は何度も描き直したあとがあり、決して上手とは言えないものだった。

しかしエルガーはそれを一目で気に入った。

絵のなかの彼は笑っていたのだ。アリアの前で笑ったことなど一度もなかったというのに。

この子は自分が隠していた笑顔をきちんと見てくれていた。言葉は交わさずとも心は通じていた。アリアの描いた絵はその証だった。

小さなアリアが駆け寄ってきて勝手にお喋りをはじめる時、エルガーは後ろめたい思いで背中を向けながらも、彼女が一生懸命に話す言葉を聞いて心のなかで笑顔を向けていたのだから。

エルガーは花の妖精のような少女が可愛くて仕方がなかったのだ。

（あの絵は……）

大切に保管してあった似顔絵の行方をエルガーは知らない。

使用人に与えられた住居に武装した人間たちがやってきた夜、持ち出せた荷物など何一つなかった。

「エルガー」

裏庭にやってきたアリアはもう小さな少女などではない。

彼女の赤くなった目を見た瞬間、心に楔が打ち込まれたように痛み、エルガーは眉間に深い皺を刻んだ。

再び昨晩の卑怯な情事が彼の脳裏に去来する。

復讐のはずだった。

しかし幼く無邪気だった少女が美しく成長した姿を見た瞬間から、彼の内側には耐えがたい焦燥が溜まって膨らんでいた。

憎しみ以外の感情が混じった時点で、復讐は諸刃《もろは》の剣となっていたのだ。

「ジュゼと話しました。私の父が母の死に関わっていることを……でも私はまだ分からないことだらけです。すべてを教えてほしいの。あなたの……あなたたち一家の過去を」

エルガーを見上げるアリアの瞳は少女の頃と少しも変わらない。大人になった今も純度の高い輝きを保っている。

あまりに真っ直ぐで眩いそれに、エルガーは思わず視線を逸らした。

「知ったところで今さら何も変わらない……もう、遅いんだ」

「私には知る権利があります。この体がなぜ汚《けが》されたのか……ティルマティ家に原因があるのなら、一方的にあなたやジュゼを恨みたくない……」

そう言ったアリアの言葉に、エルガーはハッとして顔を上げた。

陵辱されてなお、〝恨みたくない〟と言う彼女が信じられず、まやかしの言葉ではないかと彼女の顔を覗き込んで嘘を探す。

しかしアリアの眼《まなこ》に偽りの陰りはなく、子供時代と変わらぬ純朴な瞳と出会うに至り、エルガーは呻くように呟いた。

「お前は……自分がどんな立場におかれているのか分からないのか」

カナンシャ王国では他国と比べて特に獣人差別がひどい上に、未婚女性には処女性が求められる。獣人に犯された娘など、一族の汚点にしかならないのだ。

特に上流階級の家庭だと、一族の名誉を守るために犯された娘を切り捨てることさえある。比喩的な意味ではなく。

「今は私の未来がどうなるかより、あなたの過去がどうだったのかを知りたいのです」

「知ってどうなる！　過去は変わらない！」

「それでも知りたいのです！　あなたのことを……友だちだと思っていた時期もあったの

だから……」

アリアの柔らかな声で発せられた〝友だち〟という言葉は、エルガーの心に容易く入り込むとそこにふわりと留まった。

ほんの一瞬のあいだ、二人は無垢な少年と少女に戻って見つめ合う。

しかし抱擁のように優しかった視線はすぐに変化し、悲しみがぶつかり合った。幼い頃のように言葉を交わさずに心を通わせることはできたものの、混じり合った感情はあまりにも痛ましい。

それでも二人が視線を逸らさなかったのは、無意識のうちに今はそうする必要があるのだと感じていたからだ。

エルガーは己の心臓にギリギリと食い込んでくる彼女の視線に言葉を押し出されたかのように、静かに過去を語りはじめた。

「ゴアは俺たちの一家に限らず、ティルマティ家で働いていた獣人たち全員を戦争捕虜のように拘束した……妻とその愛人を殺したことが外部に漏れないように」

エルガーは持っていた鍬を放り出すと、着ているシャツの裾をたぐり寄せ汗を拭う。そして近くの巨木に背中を預け、澄んだ空気を肺いっぱいに吸い込んだ。

遠い過去だがその記憶はまだ生々しくエルガーを傷つけ続けている。慎重に扱わねば、我が身を呪う怨恨《えんこん》へと変化するのは分かっていた。

「武装した人間たちに囲まれて馬車に乗ると、そこには鞭打たれて傷だらけとなった父がいた。人間なら確実に死んでいたような傷だ……そんな父も含めて、みんな鉱山に送られると足枷を付けられ、問答無用で働かされた。俺たちはゴアの奴隷になったんだ」

「ど、れい!?　うそ……この国では奴隷労働は違法なはずよ」

アリアが驚いたのも無理はない。

カナンシャ王国では獣人を奴隷として扱った時代もあったが、それは百年以上も昔の話だ。現在では国際的に獣人の人権が尊重されるようになったため、獣人奴隷は存在しないはずである。

「信じる信じないは自由だ。大切に育てられた貴族の娘に理解できるとは思っていない。だから話すだけ無駄なんだ」

「……いえ、父に……父に異常な部分があったのは理解しています……獣人族に対しては特にひどい態度でした」

アリアの顔色は失われ、声も震えている。それでも過去を見据えようとする強い眼差しをエルガーに向けていた。

(甘やかされて育った深窓の令嬢かと思ったら、思いのほか気骨があるのかもしれない)

エルガーは彼女の瞳に囚われ、瞳孔の奥に引きずり込まれるような感覚に我知らず息を呑む。

朽葉色の虹彩の向こうに強い炎が見え隠れしていた。己の信念を持つ者だけが秘める命の炎だ。

アリア・ティルマティという女性をもっと知りたい——そんな風に考えている自分に気がついて、エルガーはギクリと体を強張らせた。

慌てて言葉を繋いだのは、黙っているとアリアの感情が自分に流れ込んでくるような気がしたからだ。悲しみを共有している二人の心は触れ合うほどに近かった。

「俺たちは武装した人間たちに見張られながら、毎日、休みなく深い坑道の奥でつるはしを振るった。父は鞭打ちの傷が日に日に悪化していたが、それでも働かされた。その上、何十人もまとめて詰め込まれた小屋はまともに暮らせるような場所ではなく……仲間内でも喧嘩が増えていた」

炭鉱というのは落盤事故や有毒ガスの噴出などの危険がつきまとう。そのような突発的な事故がなくても、絶えず吸い込み続ける粉塵は働く者の肺を弱らせ死に至らしめる。

そんな過酷な作業に、屋敷勤めだった獣人たちはいつまで続くのか分からないまま従事させられた。

暑い、苦しい、しんどい、なぜ、なぜ、なぜ——誰一人として罪のある者はいなかったのに、少し休めば殴られ、食事は最低限、病にかかれば死を待つしかないという罪人以下の非道な扱いを受け続けた。

「唯一、不幸中の幸いだったのは、母とジュゼは比較的安全な作業に従事できたことだった。鉱物の選別をしたり、ポンプを動かして排水したり……女、子供ということで監視の目も緩かった」

二人なら逃がすことができる。逃がさなければいけない。

そう考えたのは、このままここにいては死に至ると身をもって感じたからだ。実際に鉱山で働きはじめて一年と半年が過ぎた頃には事故死や病死する仲間が出てきて、誰がいつ死んでもおかしくない状況が続いていた。

もし自分が逝けば、幼いジュゼが坑道へ入ることになる。

「作業中、俺は見張りの人間に喧嘩を売って、わざと大きな騒ぎを起こした。そのあいだに手筈通り母とジュゼは逃げることができた。豹型獣人は健脚だ。一度自由になれば人間が追いつける相手じゃない」

「エルガーは？　あなたは逃げようと思わなかったの？」

「……当時、父がもう動ける状態じゃなかった。食事をするにも介護が必要なほど体が弱っていたんだ。俺まで逃げれば父は野垂れ死ぬしかない。母は自分が残ると言ったが、幼いジュゼには母親が必要だったし、子供を二人逃がしては両親の命はないと分かっていた」

心臓が痛い。記憶を開きすぎたのだ。

エルガーは過去から追いかけてくる怒号や暴力から何とかして感情を閉ざそうとするが、上手くいかない。

過去はいつまで経っても彼を殴り続け、蹴りつけ、隙を見せると絶望の刃で殺そうとさえしてきたのだ。

息苦しくなり、ハッハッと呼吸が荒くなる。肺に空気が入っていかない。

——お前が逃がしたのか。罰を受ける覚悟はあるということだな。

妙に静かなゴアの声と、彼の手に握られた鋭利な短刀。

——もういっそのこと殺してくれ。

「エルガー！」

不意にアリアの声が、彼を現在に引き戻す。

そして気がつけばエルガーは抱きしめられていた。

ドクドクと打ち鳴らされる二人分の心臓の音は耳障りな音楽のように乱れていたが、次第にゆっくりと落ち着き、一つのリズムを刻みはじめる。

息を思いっきり吸うと、肺に空気が充満した。

絶望感が去っていくと、自分を掻き抱いているアリアの華奢な腕にずいぶんと力が込められていることに気がついた。

(熱い体だ……やはりこの女は炎を飼っている)

エルガーの指はほとんど無意識にアリアの長い黒髪を撫でていた。彼女に触れれば触れるほど、過去の恐怖が遠ざかり、生命力が戻ってくるのを感じていた。

「アリア、なぜ泣く……」

「エルガーが……泣いているから」

「俺は泣いていない」

「この涙はあなたの涙です」

アリアは嗚咽しながら、過去から戻ってきたエルガーに再びしっかりとしがみついた。

それはまるで死にゆく者を止めるような必死さで、エルガーは彼女の内側に煌めく生命の炎を感じずにはいられない。

(この女がほしい)

突然やってきたその感情に、雷が落ちたような衝撃を受ける。

エルガーはそんな風に感じた自分が信じられず、訳も分からないままアリアの体を押しのけて離れた。

己の感情が理解できず怖かったのだ。

(この女がほしいだと？　殺すだけじゃ足りないほど憎い男の娘を!?)

ズクズクと疼くような未知の感覚。気を緩めると獣化さえしそうで、拳を握りしめた。

「エルガー？」

「涙で俺を惑わすな」

「そんな……」

「この話は終わってはいない」

エルガーがそう言ったのはアリアにではなく、自分自身に向けてだった。

彼女の涙を見ていると、過去など忘れてしまえばいいという気さえしてくる。

しかしそれはできないのだ。今エルガーが生きている意味は、ゴアへの復讐なのだから。

「では……聞かせて下さい」

アリアの声に応えてエルガーは話しはじめた。今はそれが必要だった。

目の前にいる女への衝動的な渇求を忘れ、過去の因縁を思い出さなければいけない。

怨嗟にまみれている自分が、正しい自分である気がした。

「母とジュゼは上手く逃げ切った。だが奴隷が逃げたと知ったゴアは激怒して、仲間たちが見ている前で俺をひどく鞭打った。あいつは楽しそうだったよ……皮膚の強い獣人はさぞ痛めつけ甲斐があっただろう」

エルガーを真っ直ぐに見ながら、アリアは溢れてくる涙を何度も拭う。

彼女が流す涙は自分の涙なのだと思うと、エルガーはなぜか気持ちが落ち着いてきた。

今なら過去の記憶を開き、奥深くまで覗き込んでも怖くない。

「体罰の仕上げにゴアは俺をみんなの前で裸にした。そしてこう言ったんだ……『今からこの男を去勢する。人間に反抗的な血筋など絶えるべきだ』と」

「え……」

「俺は痛みのあまり途中で気を失った。再び目覚めた時には睾丸を失っていた」

強制断種——その事実はあまりに衝撃的で、アリアは眉間をぴくりと一つ動かしただけで言葉を失ってしまっていた。

「驚くことじゃない。歴史を遡《さかのぼ》ればこの国では獣人男性の去勢が推進されていたんだ。今もゴアのような獣人排外主義者たちが獣人の断種計画を密かに進めている。ゴアによる犠牲者も俺一人ではない」

実際のところカナンシャ王国ではその昔、『獣人出産調整政策』と呼ばれる法律さえ存在していたのだ。

肉食系の獣人族は人間より体力的に優れていて病気にもなりにくい。その上、獣人男性と人間の女性が交わった場合、かなり高い確率で獣人の子が生まれる。

数で勝るしかなかった人間は、獣人男性は発情期に凶暴化して女性を襲うという理由をつけて彼らの出産を抑える必要があったのだ。

獣人の出産調整がなければ人間が支配階級であり続けることができなかったのは、隠しようのない事実だった。

この因習が人道的に問題があるとして世界的に禁止されたのは、多くの獣人種族が絶滅したあとだった。

「俺はそれからさらに三年、鉱山で働かされた。俺への体罰のあと何人かの脱走者が出て、残った者はより厳しい監視下に置かれたんだ。俺は父を葬ったあと、最終的には仲間たちと暴動を起こして逃げることに成功した」

エルガーはそこで言葉を止めた。

話はそれで終わりではないが、この続きをアリアに話すにはあまりに惨めすぎた。

彼は鉱山から逃げたあと、追っ手から身を隠しながらジュゼと母親を探し回った。

浮浪者のような生活の末にやっと家族と再会し、人間の目を避けて銀の樹海に入ったのだ。

それからも生きていくためには苦労の連続だった。

何よりもエルガーを一番苦しめたのは絶え間なく襲ってくる鋭い記憶の欠片と、確実に刻まれた去勢者という烙印だった。

――大したことはない、子供が作れないだけだ。

何度もそう自分に言い聞かせ、時には酒場ではすっぱな獣人の娘を抱こうとしてみたこともあった。しかし男根は猛っても、雄としての欲望がごっそりと失われていてその気になれない。

心と体が歪み、他の獣人たちを助けることでその苦しみを忘れようとしたが、それは傷口を泥で塞ぐようなやり方だった。

エルガーは日々の仕事に忙殺されながら、絶望の底にずるずると堕ちていったのだ。

当時、病気がちだった母が逝ったあと、弔いを終えたエルガーは毒を飲んで己の命を絶とうとした。それほどに彼の精神は病んでいたのである。

結局、死にきれずに何日も苦しんだあと、復讐に生きようと決めた。それだけがエルガーにとってこの地獄を生き抜く方法だった。

「分かるかアリア、これは俺の復讐なんだ。仲間たちと鉱山で火事を起こし、組織的にティルマティ家の投資事業を妨害した。ゴアの心臓である一人娘をあの屋敷から引きずり出すために……ゴア自身を痛めつけたり殺したりするぐらいじゃ足りない。俺は妻を獣人に奪われて狂った男から、娘も同じように奪ってやろうと計画したんだ」

すべてを語り終えたエルガーは銀色に滲みはじめた空を見上げる。

気がつけば樹海から銀の靄がゆっくりと立ちこめてきていた。

靄はゆらゆらと白銀の粒子を二人のあいだに注ぎ、あたかも薄絹をかけたように世界を幻想的に変えていく。

「……ごめんなさい」

アリアはやっとそれだけ言った。

細く喘ぐような声色。エルガーの耳には哀れみに聞こえた。

「俺を哀れむな！　俺を憎め！」

やはり彼女は世間を知らない甘ったれた娘なのだ。

哀れむべきは、復讐の巻き添えとなり獣人に犯された彼女自身なのに。

「俺がお前に何をしたか本当に分かっているのか!?　お前には何の罪もないんだぞ！」

「あなたが私にどれほどひどいことをしても、もう憎むことなんて……できません。私の父がした行為は謝罪などでは足りないのだから……」

「俺は……」

——なんてことをしてしまったのだ。

不意にやってきたのは強烈な後悔だった。

アリアに不幸を背負わせたところで自分は救われない——そんなことは分かっていた。

分かっていた上で行動を起こしたのに、心臓が引きちぎられる思いだった。

しかしそれと同時に、後悔しているなどとは認めたくないという恐怖心に似た感情もやってくる。

彼が後退ったのは無意識だった。後悔から逃げるためにアリアから少しでも離れたかった。

しかしエルガーが一歩退くと、アリアが一歩前に出る。

銀の靄が濃くなっていくなかで、彼女の声が響いた。

「泣かないで、エルガー」

エルガーの金色の瞳からは涙など溢れていない。彼の涙はとうの昔に涸れているのだ。

泣いているのはアリアだった。しかし彼女はエルガーが泣いているのを感じ取っていた。

「私はどっちみち不幸だったのです。もしあのまま家にいたら、いつか父に犯されていたかもしれない……私の生きていた場所は地獄でした」

「……どういうことだ」

獣人族は総じて耳がいい。しかしエルガーは自分の耳を疑った。

「……十歳か十一歳か、寝ているあいだに裸にされ、父に体を弄られたことがあります。その時、父は酔っていて……私が大きな声で叫んだのでそれだけで済みました。父は……母が亡くなって以来、代わりを私に求めていました」

エルガーはごくりと呑み込んだ息のなかに、彼女の悲痛を味わっていた。

まさか、彼女もまたゴアの犠牲者なのか!?

罪悪感が強烈な痛みに変わる。

「それから……酔っていない時でも親子でするような口づけ以上のことを求められるようになって……あの人の舌が口のなかに入ってくるのが嫌で……嫌と言えない自分も嫌で……でも相談できる人はいなくて……」

消え入りそうなアリアの声が、いくつもの細い針となってエルガーに刺さっていく。

どんな言葉をかけていいのか分からない。自分の感情さえもぐちゃぐちゃだった。

「私は……私はあなたに会う前から地獄にいました。この村に来て、生まれて初めて父の視線から解放されて、生きている感覚を知ったのです。私も一人の人間なのだと……やっと自分で認められた」

　ゴアへの憎しみなんて今はどうでもいい。ただ降りやまない雨のようなアリアの苦しみを止めたかった。

「アリア……！」

　涸れていたはずの涙がエルガーの瞳から溢れる。それはアリアに捧げられたものだった。お互いに耐えがたい痛みを抱えて生きてきた。

　ぼろぼろになっていた二つの魂が重なりはじめる。

　エルガーはアリアにかける言葉を探すも見つからず、代わりに腕を伸ばして耐えがたい焦燥感のなかで彼女を掻き抱いた。

　アリアは抵抗もせず、彼の巨軀の内側にすっぽりと収まる。

　体を差し出すようにエルガーの胸に重心を傾けた彼女は、すべての毒を出し切った穏やかな表情で静かに涙を流していた。

(同じだったのだ……それなのに俺は……傷つけた)

　無意識のうちにエルガーは彼女の柔らかな頬を撫でていた。しかし感情の乱れで獣化が進んでおり、伸びた爪で傷つけたくなくて慌てて手を引っ込める。

「エルガー……」

　まるでそれを止めるように、アリアの指がエルガーの腕をそっと撫でた。

獣化で斑紋が浮き上がってきていたそこは、彼女の温かさを感じたと同時に人肌に戻り、爪はその鋭さを失った。

心にふんわりと優しいアリアの香りが満ちていく。

二人の視線が交わった時、唇が重なった。

アリアの唇は彼女の香りと同じく、真新しい日射しのように柔らかくて温かかった。

華奢な腰を抱き寄せ、エルガーはさらに唇を押し当てる。

ここ何年も凍りついていた体に、小さな接点からぬくもりが流れ込んでくるのが分かった。

そっと舌を差し入れたのは、口づけというよりも生きている実感に夢中になったからだ。

ぬらりと湿った口腔はあまりに儚《はかな》く、エルガーは壊れ物でも扱うように慎重に舌を動かした。

エルガーの舌には豹型獣人特有の微小な突起がある。乱暴にしたらアリアに痛みを与えるのではないかと不安になった。

「アリア……お前は、俺の獲物だ」

彼女の喉奥のさらに深い部分へ言葉を吹き込むようにエルガーは囁いた。考えた言葉ではない。ただ欲望がそのまま声になった剝き出しの気持ちだった。

アリアは自らも唇を押しつけ、その言葉に応える。

それは抱えきれない悲しみが共鳴した果ての行為だった。

「私は……あなたの獲物です。たとえここが地獄でも、もう怖くない……あなたを知ることができたから」

顔をしっかりと上げてそう言ったアリアはもう泣いてはいない。

泣きやんだその顔は雨上がりの空よりも美しく、エルガーは目眩にも似た感覚に思わず目を眇める。

「アリア」

彼女の美しさに見合う言葉などなく、ただ力強く名を呼ぶとエルガーはその細い腰をさらに強く抱き寄せた。

口づけにもう容赦はなくなり、彼は過去の記憶を削り取るように熱い口腔を舐《ねぶ》る。二人の唇はぴったりと重なり、互いを貪り合っていた。

無我夢中だったエルガーの口づけが止まったのは、不意に昨晩の情事を思い出したからだ。

あの時、催淫状態にあったアリアは、導かれるままこの繊細な口にエルガーの男茎を咥え込んだのだ。

深い口づけの最中にあの時の快感が蘇り、エルガーの腰より少し下の部分が気だるく質量を増していく。

まさか——それはエルガー自身も予想していなかったことだが、彼のものは張りつめていた。

ゴアに睾丸を摘出されて以来、エルガーは性欲を失っている。

昨晩のように催淫効果に頼ったり、無理矢理に刺激を加えたりすれば勃つことはあったが、純粋な欲求と繋がった興奮状態は断種されて以来初めてだった。

(アリアを抱きたい)

彼のなかで雄の渇求が湧き起こる。

体が熱くなり、鐘を鳴らすように心臓が鳴り、指の先まで血液が躍った。

しかしその時、唐突に夢から覚めた。

アリアが強く体を捻ってエルガーを拒絶したのだ。

気づけばエルガーの熱塊がアリアの腹部を強く押していた。

「私……」

「すまない。そういうつもりはない」

慌ててそう繕ったがすでに遅く、アリアが一歩、二歩と後退ると靄が彼女の姿をさらっていく。

背中を向けて逃げ出した彼女をエルガーは追わなかった。自分にはその資格がないと分かっていたからだ。

柔らかな春の香りだけを残して立ち去った彼女の残影を、エルガーは長いあいだ見つめていた。

第四章　発情の季節

シャルマの木が発生させる靄は、薄くなったり濃くなったりを三日ほど繰り返したあと、四日目の朝に消えた。

窓から久々に見る青空を見上げ、アリアはそこに答えでも書かれているかのように自分の気持ちを探す。

あの日、エルガーとジュゼからティルマティ家との因縁を聞いて以来、アリアはあらゆる種類の感情を抱えていた。

父親に対する失望と憤り、そしてどこかで〝やはり〟と思ってしまったもの悲しさ。

エルガーとジュゼの話は荒唐無稽に感じるほどに残虐だったが、あの人であればやりかねないと思う程度にはアリアは父親を信頼していなかった。

一方で母リディカの不貞については信じたくないという思いが消えない。

アリアにとって母は清く、優しく、幸せの象徴だった。

その母が家族を裏切っていた――母の生前は父もまともだったことを考えると、彼女の行動がすべての歯車を狂わせたとも言えよう。

(死んでしまっていては、なぜ、と訊ねることもできない……)

母リディカの不貞は黒々としたしこりとなってアリアの内側にこびりついた。

しかし今となってはどうすることもできないのが現実だ。アリアはしこりを抱えたまま、炎を宿した強い瞳で今を見つめていた。

エルガーへの想いである。

彼の欲望を生々しく感じた時は、犯された夜の記憶と重なって思わず逃げ出してしまったが、あんな風に無言で去ったことをアリアは後悔していた。

あの時、彼は決して乱暴な肉欲を自分に向けたのではないと分かっていた。

怖くて逃げたわけではない。驚いただけ――そう何度もエルガーに釈明しようとしたが、面と向かって言うのも気恥ずかしく、エルガーもいつもの仏頂面で通しているものだから、二人のあいだにはぎくしゃくとした空気ばかりが重なっていった。

(あの時、逃げ出さなければどうなっていたのだろう)

この三日間、アリアはエルガーとの口づけを何度も思い出し、彼の望んでいたものが自分の望んでいるものなのかを考えていた。

しかしいくら考えても上手く答えを導き出せないでいる。

エルガーの悲惨な過去を知ることで、アリアは今まで誰にも言えなかった父親からの被害を告白できた。精神を蝕み続けていた秘密を吐き出して、アリアの心は重荷を下ろしたように軽くなっている。

だから同じように自分もエルガーを慰められたらと思う。

ゴアという過去の痛みを持つ者同士、分かり合えることが多いはずだ。しかし同時に、それは傷の舐め合いであり、優しさの押しつけなのではないかと思うと気が引けた。

(エルガーがもっと自分を必要としてくれたら……)

彼を支えたかった。同時に彼の心のよりどころとして求められることを強く願っている。

今まで無欲に生きてきたアリアにとって、理解したい、救いたい、必要とされたいと願うのはずいぶんと自分勝手で欲深いことのようにも思えた。

(私は彼に必要とされることで、自分の居場所を作りたいのかもしれない)

そんな風に自分を冷静に分析してみたりもしたが、己の心を覗いてみるほどに、打算めいたことができるような余裕などないことに気がつく。

とにかくエルガーのことを考えはじめるとふわふわと落ち着かなくなり、自分が何を考えているのかさえまとまらなくなるのだ。

たくさんのことを考え、たくさんの感情を持て余した。それは感情の土砂降りとも言える感覚で、小さな軒先で雨宿りをする旅人のように途方に暮れるばかりの数日間だった。

とはいえ朝起きれば太陽は昇り、夜になれば沈んでいく。

自給自足で暮らすこの村でぼんやりしている時間はなく、アリアは朝になればいつものように身支度を整え、食事の準備を手伝うために台所に向かわなければいけない。

朝は隣接している別棟から腹を空かした子供たちがなだれ込んでくるので大騒ぎだ。

子供たちの世話のために雇われているリールーという名の猪型獣人の女性と協力して卵を焼き、パンを温め、季節の果物を切って子供たちに食べさせる。

獣人と人間の食生活はほとんど変わらないが、子供たちは幼いがゆえに好き嫌いも多く、寝起きの折は食べさせるだけでも一苦労である。

食事が終わったあとはジュゼが子供たちを引き受ける。

意外と根気のあるジュゼは、年齢に幅のある子供たちが相手でも、上手く勉強を教える能力があった。

今日のような天気のいい日は庭に出て、一人で十人近い子供に簡単な書き取りや算数を教えている。

そのあいだにアリアは湧き水を利用して洗濯を済ませたり、貯蔵する食糧の下ごしらえをしたり、繕い物をしたりと忙しい。

慣れないながらもアリアは少しずつ家事をこなせるようになっていた。

〝ティルマティ家のお嬢様〟だった頃に比べると考えられないほど忙しい生活だが、元来好奇心の強い性格なので、山菜のあく抜き方法やパンを上手く膨らます方法などを学ぶことさえ、彼女にとっては楽しみなのだ。

今のアリアは乾いた土地に芽生えた植物が初めての雨を経験するように、生きることを謳歌しはじめていた。

しかしながら、家事が重労働であることには変わりがない。

洗濯を終えたアリアは「よいしょ！」と声を出し、濡れた服の詰まった籠を持ち上げる。固く絞ったとはいえ、水を含んだ布は驚くほど重たい。腰を曲げて数歩進み、少し休んでまた数歩進んだ。

「重労働はリールーに任せておけばいいんだよ」

突然そう声をかけられ、アリアは歩みを止めた。

現れたのは先ほどまで庭で子供たちに囲まれていたジュゼだった。

こういう時にどこからともなく現れて無言で手伝ってくれるのはエルガーなのだが、今日は朝から彼の姿を見かけていなかった。

「リールーも忙しそうだったから……」

洗濯籠を軽々と持ち上げたジュゼにありがとう、と礼を言って、素直に荷物を任せた。

家事手伝いとして雇われているリールーは年配の女性だが、猪型獣人だけあってかなり大柄で力も強い。力仕事を頼めば快諾してくれるのは分かっていたが、アリアは誰かに頼ってばかりだった生き方を変えたいと、家事も人頼みにしないよう努めていた。

「ジュゼは授業終わったの？」

木のあいだに渡した麻紐に洗濯物を干しはじめたアリアの隣で、ジュゼもまた手伝いはじめる。

庭の反対側では子供たちが走り回ってはしゃいでおり、木々のあいだに甲高い声がこだましていた。

「今日の勉強はもう終わり。長くやっていても集中できなくなっちゃうからね」

ジュゼは青い空を見上げて小さく微笑む。

アリアを陵辱した翌日、ジュゼは怒りに声を震わせながらゴアの仕打ちを語ったが、あの時を除けば彼はいつも穏やかな微笑を湛えていた。

こうして友だちのように話していると、まるであの夜の出来事がすべて夢だったように感じられる。

実際に催淫効果のなかで受けた行為を、アリアははっきりと覚えているわけではない。しかし同時に体が彼を警戒しているのは感じられた。

ジュゼとの距離が近くなると、自然と体が強張るのだ。今だってそうだ。

「アリアはエルガーが五日ほど家を空けるって聞いてる？」

「え？　……いえ」

不意にエルガーの話になって、アリアは干していた服を思わず握りしめた。

朝食の時から姿を見せていないエルガーが、ずっと気になっていたのだ。

アリアのここ数日の日課は、朝一番にエルガーを見つけ、朝の挨拶を済ませ、彼の鼻が小さく動いて自分の匂いを嗅ぐのを確認することだった。

エルガーはおそらく気づかれていないと思っているのだろうが、アリアは彼がそうしていることを知っていたし、その時に彼の丸くてふわふわとした耳がくすぐったそうに動くことも知っていた。

この小さな朝の日課が今日はなかったので、ずっと靴を片方しか履いていないような気分だった。

「今朝早くにここを出たんだよ。街の獣人たちに会いに行ってるんだ。また人間といざこざがあったらしくてさ……エルガーは頼られているから、困っている獣人たちのあいだを飛び回っている」

「そう……危険なことはないかしら？」

「心配？」

ジュゼにそう訊かれ、アリアは我知らず頬を染めた。

ジュゼの丸い目は玩具を見つけた子供のように輝いており、今こうして抱いている名付けられぬ気持ちを探られている気がして居心地が悪い。

「ジュゼは心配じゃないの？」

エルガーを心配している、とはっきり答えるのが気恥ずかしく、アリアは質問に質問で返したあとに言葉を続けた。

「お父様はきっと私を血眼になって探しているわ。エルガーは犯人なのよ。もし見つかったら……」

「街に行く時は変装して出かけているから、鼻の悪い人間には気づかれないよ。それに万が一捕まっても、エルガーならこの集落については口を割らない。あとは彼の責任だ」

「彼の責任って、そんな……」

「アリアをさらってここに連れてくるとエルガーが言い出した時、集落のみんなは反対した。ここにいるのは人間と関わりたくない者ばかりなんだから当然だ。だけど僕を含めて誰もエルガーを止めることはできなかった。ゴアへの復讐が彼の生きる気力になっていたのは知っていたから……危険を冒した代償を払うのはエルガー自身なんだ」

淡々と語るジュゼの言葉は、アリアにはとても冷たく聞こえた。一方で間違ったことを言っていないのだろうとも思う。

ティルマティ家に私怨のない者からすれば、エルガーの行動は自己責任を問われるものでしかない。

（ジュゼの考え方はいつも理路整然としている……冷静すぎて少し怖い……）

ふと、犯された夜もジュゼが微笑を浮かべていたことが脳裏を過り、穏やかな表情の裏に隠された彼の冷淡さを思い出した。

嵐のような激情を内に抱えて苦しみ続けているエルガーとは異なり、ジュゼにはたくさんのことを諦めてしまったような虚無感さえ感じる。彼のこの性格もまた、無情な日々を経験してきたがゆえのことなのだと今のアリアには理解できた。

「あ、お客さんだ」

不意にジュゼが空を見上げて呟いた。

つられて顎を上げたアリアは、青い空に浮かぶ真っ白な〝何か〟を見た。

まるで風に揺られた敷布が空で舞っているかのようだったが、近づいてくるにつれ、それが鳥型獣人であることが分かってきた。

彼女は確か――。

「パルナ！」

アリアがその少女の名前を思い出したと同時に、ジュゼが空に向かって手を振った。

静かに高度を下げてきたパルナの腕は真っ白な翼となっている。

それは地面に辿り着く前から次第に消えていき、バサッと一つ音を立てた次の瞬間には人間と変わらぬ白い腕に変わっていた。

「君は天からの使者みたいだね」

ジュゼはまるで馬車から貴婦人が降りるのを支えるようにパルナに手を差し出すと、着地を助ける。

パルナは白い頬に紅い花を咲かせて微笑むと、ジュゼの手を取って優雅に両足を地面に着けた。

しかし彼女の表情はアリアに向き直ったとたんに強張った。ぐっと眉が中心に寄り、喉でも詰まったみたいに口元を歪める。

「こんにちは」

アリアが挨拶をすると、パルナは空気を食むように口を開けたが、そこから声が発せられたのは、一匹の蝶々が三人のあいだをヒラヒラと通り抜けたあとだった。

「お、お礼を言いに来たの」

「え？」

パルナの声は妙に緊張していて果たし合いを挑むかのようだったが、内容は声の質とは反対のものだった。

「昨日エルガーが来て、街に出る用事があるからその時にアリアの腕輪を売るって…それでたくさん薬を買ってくるからって。それで……あの、ありがとう」

「あの腕輪が役に立つのなら私も嬉しいわ」

「……大切なものだったんでしょ？」

申し訳なさそうに言ったパルナの言葉に、アリアは思わず白い歯を見せて笑った。それはあれを手枷のように嵌められていた自分に対する憫笑《びんしょう》だった。

婚礼衣装は婚約者であるアンヤルから贈られたものだったが、宝石の嵌まった純金の装飾品はゴアが持参金の一部として用意したものである。

「大切なものではないのよ……本当に……いらないものだったの」

ここに来てからまだ半月ほどしか経っていないのに、十九年間も父親であったゴアの存在がずいぶんと遠くなっていた。

今となっては芝居で親子を演じていたようにさえ感じる。そしてもう、芝居の幕は下りたのだ。

「手持ちの装飾品は全部エルガーに渡して、使い方を任せるつもりなの。パルナのお母さんみたいに困っている人が他にもこの集落にはいるんじゃない？」

「そうね。この集落に住む獣人たちは、それぞれ困難な状況にあった人たちばかりだから……実は昨日、アリアを連れて集落を案内してほしいってエルガーに頼まれたの。私と一緒の方がみんな安心するからって」

「エルガーが……」

挨拶の一つもなく旅立っておいて、こんな風に気配りをされていたことにアリアは驚いた。とはいえ、愛想はなくても実は優しいエルガーらしい配慮だとも思う。

確かにアリアは集落の獣人たちと接してみたいと思いつつも、みんな人間を避けていることを考えると一人で集落を探索することに気が引けていたのだ。

エルガーはそれをきちんと感じ取っていたのだろう。

「だから、今日は……うちに遊びに来ないか誘いに来たの。私、お菓子を焼いたのよ。お母さんも腕輪の話を聞いてお礼が言いたいって……えっと、ジュゼもよかったら一緒に……」

「それは食べてみたいな」

アリアが答える前に、ジュゼが答えた。

もし彼に狼型のような尻尾が生えていたなら、それをパタパタと激しく振る様子が見られたかもしれない。実際にはジュゼの細長い尻尾は隠れたままだったが、丸い耳がパルナの声を聞き漏らすまいとするかのように彼女の方を向いていた。

そんな様子がおかしくて、アリアはくすくすと笑いながら返事をする。

「ありがとう。ぜひお邪魔させていただくわ」

そう言いながら、自分の人生で誰かから招待されたのも初めてなら、自分の意思でそれを受けたことも初めてだと気がついた。


（お茶会にご招待されるんだったら、もう少し小綺麗な服があればよかったけど……）

飛び去ったパルナを追いかけるようにジュゼと共に集落に向かう坂道を下りながら、アリアが考えたのはそんな些細で可愛らしいことだった。

ここにやってきて以来、与えられた三枚の服でやりくりしている。

どれも清潔ではあるがアリアにはちょっと大きい上に、もともとの色は褪せてしまってお洒落とは言い難い。とはいえ、平民の服とはそんなものだった。

お洒落ができない代わりに、アリアは招待への礼儀を尽くしたくて、道端に咲いていた野花を摘んだ。

「室内に花を飾るなんて、貴族ぐらいしかしない」

ジュゼはそう言って笑っていたが、結局、彼も長身を屈めて花を摘みはじめるに至り、最終的に二人は小さな花束をそれぞれ手にしてパルナの家に向かった。

集落に入ってすぐに、アリアはジュゼが一緒に来たのは菓子につられたからではないことに気がついた。

パルナの家は三十軒ほどある集落の中心近くに位置しており、通りでは幾人かの獣人たちが水汲みをしたり、乾物を作ったりと日々の仕事に追われていた。

集落で暮らす獣人たちは老若男女、肉食系、草食系と様々だったが、みんな一様にアリアの姿を見ると目に敵意の色を浮かべたのだ。

室内にいる者が人間の匂いに気がついて、窓の隙間から厳しい視線を向けてくることもあったし、なかには〝喰ってしまうぞ〟と言わんばかりに牙を見せた獅子型獣人もいた。

ジュゼが隣にいなければ「出ていけ」と石でも投げられたかもしれない。

「ついてきてくれてありがとうジュゼ。食いしん坊のフリをした警護役だったのね」

素直に礼を言ったアリアだが、ジュゼはいつもの何を考えているのか分からない微笑を浮かべて首を横に振った。

「僕としてはただの食いしん坊だよ。ただアリアの安全は確保するようにエルガーに厳しく言われている。あと怖がらせるようなことをするなとも……注文の多い男だ」

再び出てきたエルガーの名前に、アリアは自分でも気がつかないうちに頬を赤らめていた。

不在にするにあたり、彼はできる限りアリアがここで快適に過ごせるよう配慮をしてから出かけたのだ。それは声にならないエルガーの気持ちを示しているようにも思える。

(それなら一言、出かけることを直接伝えてくれてもよかったのに……)

気をつけて——そんな他愛もない言葉をアリアは出かけるエルガーに贈りたかった。

「アリア〜！　ジュゼ〜！」

その時、不意に甲高い声で名前を呼ばれ、アリアとジュゼは二人同時に視線を通りの奥に向けた。

パルナが待ちくたびれて迎えに出てきたのだ。

「飛べない人たちって本当に愚図なんだから！」

大多数の飛べない者たちをまとめて毒づいた少女に、二人は思わず似たような顔で笑うと、これ以上愚図だと思われないよう駆け足で彼女のもとに向かった。

パルナの家は集落の他の家と同様ごく質素な作りだったが、母と娘の二人暮らしのためか、どこか女性らしさが感じられる温かみのある住居だった。

「花を飾るなんて、貴族のお屋敷みたいね」

パルナはジュゼと同じことを言いながらも、嬉しそうに二つの小さな花束を慎ましやかな部屋に飾った。

一つは窓辺に、もう一つはテーブルの上に。黄色い花と鮮やかな緑の葉の色彩が、飾り気のない部屋を明るくする。

アリアとジュゼが案内された居間の椅子に腰かけると、「お母さんと一緒に作ったの」とパルナが少し緊張した面持ちで菓子を持ってきた。

それは焼き菓子の上に蜂蜜漬けの木の実がたっぷりとのった見た目にも美味しそうなもので、ジュゼなどは行儀悪く舌なめずりをしている。

一方アリアはといえば、生まれて初めて招待されたお茶会に心を躍らせていた。

ティルマティ家にいた頃に読んだ本には、しばしば淑女が集まってお茶会を開く描写があった。

たった一人の友だちさえいないアリアはいつも、下働きの者が義務で淹れるお茶ではなく、好意で淹れてもらうお茶に憧れがあったのだ。

「腕の傷はもうずいぶん良くなってきているんですよ。一時期は熱がひどくて立ち上がることもできなかったんだけど、今は動かさなければ痛みもなくなっていて……」

そう言いながらお茶を淹れるのはパルナの母親イパルナである。

獣人は親から子に名前の一部を引き継ぐので名前が似ているのは普通のことだったが、パルナ親子は容姿までそっくりで姉妹のようだった。

イパルナは子供ほどの身長しかない小柄な女性で、本来あるはずの左腕は人間によって捥《も》がれてそこにはない。右手だけで器用にお茶を淹れていた。

菓子とお茶の準備が整うと、四人は小さなテーブルを囲んで和やかに食事をはじめた。

それはアリアが想像していたものよりずっと素晴らしい時間だった。

菓子の美味しさを褒めるジュゼの饒舌が場を和ませたというのもあるが、一番の理由はパルナの母親イパルナが最初に「今日は人間とか獣人とか関係なく楽しみましょう」とみんなに告げたからだ。

パルナの父親は彼女が物心つく前にやはり〝密猟〟の傷が元で亡くなっている。

人間の餌食にならなければもっと穏やかに暮らせたはずの一家だが、イパルナはアリア個人に対してその恨みをぶつけようとはしなかった。

一家の事情を聞いて密猟について謝罪したアリアに彼女はこう言ったのだ。

「獣人にだっていい人もいれば悪い人もいるのよ。人間だってそうでしょ。あなた一人が人間の悪いところを背負って償っていく必要はないわ」

人間に片腕を捥がれ、長年にわたってその痛みに耐えてきた女性の言葉に、アリアはショックすら覚えた。自分が同じ立場であったら、同じことを言えるだろうかとも思う。

アリアだけではなく娘のパルナも、そしてジュゼも思うところがあったのだろう。誰もすぐには言葉を返せなかった。

みんながお茶を飲み終わった頃、イパルナは同席している三人をぐるっと見回して微笑んだ。

「アリアはパルナと年齢が近いでしょ。だからか母親のような視線で見てしまうのかもしれないわね。パルナが獣人だからという理由で不幸せになってほしくないように、アリアも人間だからという理由で不幸せになってほしくはないの」

「……え!?　年齢が近い？」

アリアは菓子の最後の一欠片を惜しみながら味わっているところだったが、思わずごくりと呑み込んでしまった。

そして改めてパルナとイパルナを見て、身体的特徴に気がつく。

それを先に声にしたのはジュゼだった。

「アリアはパルナのこと、小さな女の子だと思ってた？　鳥型は飛行できるように小柄で華奢な体格だから若く見えるけど、パルナは僕より少し年上なだけだよ」

「えー！」

アリアは驚きつつも納得がいった。

十代前半の少女にしては、会話が堂々としていると感じる時が多かったのだ。

それにこうやってみんなでテーブルを囲んでいると、アリアはパルナの視線が常にジュゼに向かっていることに気がついていた。

パルナはジュゼの話に熱心に耳を傾け、彼が笑うとパルナも嬉しそうに笑う。それは少女が大人の男性に憧れるというよりも、もう少し成熟した慎ましさのあるものだった。

（パルナはジュゼのことが好きなのかしら？）

くすぐったい気持ちで他人の恋について思いを巡らせながらも、アリアは心がギュッと固く萎縮するのを感じずにはいられなかった。

もしパルナが自分とジュゼのあいだに起こった醜い夜の出来事を知っていたら、今こうしてお茶会に呼ばれていただろうか？

自分はパルナを裏切っているのではないだろうか？

ここにいる資格などないのではないだろうか？

パルナと友だちになれるのではないかと期待した気持ちが、風化した砂岩のようにボロボロと砕けていく。

「アリア、そんな悲しい顔をしなくても、まだお菓子はあるから！　すごくたくさん焼いたの」

「ありがとう……」

アリアの表情に影が差した理由が、空っぽになった皿にあると勘違いしたパルナはさらに菓子を取り分ける。

「すごくたくさん焼いた」と彼女が言う通り、アリアが台所に視線を向けると菓子が山盛りになっているのが見えた。

その量に驚いていると母イパルナが説明する。

「村のみんなに配ろうと思って多めに作ったのよ。ここには命からがら逃げてきたような人が多いの。そういう人たちは心に余裕がなくて、怖い顔をしてるものなのよ。でも甘い物ってみんなを笑顔にさせるでしょ」

ふふふ、と目尻に小皺《じわ》を入れて微笑んでみせたイパルナを見て、アリアは無意識のうちに母リディカを思い出していた。

母が読んでくれた絵本、歌うような声の調子、どこか寂しそうに見える笑顔。

アリアが母を亡くしたのは七歳の時である。十二年前の記憶は日に日に薄くなっていき、新たに知った母の秘密が記憶の一番上に残った。

今、アリアは自分のなかの母親の存在をどう扱っていいのか分からず、宙ぶらりんになった想いで眺めている。

（パルナのお母さんが回復して本当によかった）

死んでしまっては何もかもがそこで終わってしまう。娘に伝えたかった想いがあったとしても、もうアリアには分からないのだ。

パルナ親子を羨ましく思うのと同時に、この集落だからこそ守られている平穏の大切さが身に染みた。エルガーが羽を売りに行ったパルナに怒っていたのも無理はない。

「私も……この村のために何かできないでしょうか？」

アリアは気がつけばそう訊ねていた。

人間社会から追われた獣人たちを守るためにエルガーとジュゼがこの場所を作り、パルナ親子は少しでもみんなの笑顔を取り戻そうとしている。

自分も獣人たちのために何かしたかった。

「そうね。とりあえずパルナと一緒にあそこにあるお菓子をみんなに配ってきたらどうかしら？　たくさんだからパルナ一人じゃ大変でしょ」

イパルナは迷わずアリアに仕事を与えた。

母親の言葉にパルナはギョッとした表情をして異を唱えようと口を開きかける。

しかし――。

「あー、それなら僕も一緒に行くよ。食べすぎたから運動が必要だ！」

続いたジュゼの言葉に、パルナは出かかった反論を呑み込んだ。

◇◇◇

この日を境にアリアは毎日、午前中に家事を済ませると集落に向かうようになった。

初日は「一人で行かせたら僕がエルガーに怒られる」と言ってジュゼがついてきていたが、その後の四日間はアリア一人で行動している。

とはいえジュゼからある条件をつけられた。

それは〝エルガーが戻ってくるまで、一人で行動する場合はエルガーのシャツを身に着ける〟という少々変わった条件である。

これは獣人族ならではの習性に由来する。

鼻が利く種の獣人たちは、その人が持つ匂いでつがいの有無や成熟度などをある程度判断することができる。一緒に生活をして発情期ごとに何度も関係を持つようになれば、互いの匂いがゆっくりと染みついてくるのだ。

「この村の獣人たちにとって、エルガーの匂いというのはリーダーの匂いなんだ。彼の匂いがアリアを守ってくれる」

渡されたシャツはきちんと洗われており、アリアが鼻を近づけても匂いを感じることはできない。本当にこのシャツにそんな効果があるのかとアリアは半信半疑だったものの、大きすぎる彼のシャツを腰ベルトで固定してドレスのように着ると、不思議なほどに安堵感に包まれた。

というわけでアリアは男物のシャツを上手く着こなし、パンや果物や薬草などが詰まった籠を手に、獣人たちが暮らす家を一戸一戸回る日々である。

初めてパルナと菓子を配った日、アリアは思っていた以上にこの集落には普通に暮らしていくのさえ大変な獣人が多いことに気がついた。

アリアに牙を見せた獅子型獣人の男性は妻を亡くして四人の子供を一人で養っていたし、人間からの体罰が原因で物音を怖がる若者や、何らかのストレスが原因になって声が出ない者もいた。加えて老年から足腰が悪くなった者も多い。

みんなそれぞれの理由で人間と共存できなくなったから、こんな辺境の地で暮らしているのだ。

「今日は少し掃除をしますね」

狐型獣人の老婆の家を訪れたアリアは、床に散らばった果物の皮や汚れた服などを片付けていく。

コナナという名のこの老婆は視力が悪くなったことがきっかけで、いつしか部屋の片付けを放棄するようになっていた。

床にゴミと生活用品が混在して散らばっており、アリアは不衛生なものを拾い上げ、不要品を外に出していく。

なかにはカビの生えた食べ物や何かどろどろとした腐った液体の入った器など、思わず顔を顰めるものもあったが、黙々と掃除を進めた。

訪問するのはこの家だけではないので、のんびりはしていられない。

もちろん人間のアリアを家に招き入れる者ばかりではなかった。

大抵の者は薄く開けた扉のあいだから食べ物や薬草などの必要な差し入れを受け取ると、バタンと扉を閉める。なかにはアリアが家に近づくことさえ嫌がり、居留守を使う者もいた。

それでも相手が誰であろうと手助けが必要だと扉を開ける者も少なからずいて、日に日にその人数は増えていった。

この数日間、アリアはそれぞれの獣人に合った距離感で、何とか村人たちの力になろうと一人で奮闘し続けている。

それがアリアなりに考えた人間としての償いだったのだ。

不公平な世の中を憂いて悲しむだけでは未来は変わっていかない。アリアは少しでも行動して、何とかしてここの獣人たちがよりよい生活をできるようにしたかった。

「一時的な同情で動いても未来は変わらないよ」

行動をはじめたアリアを見て、ジュゼは静かに言った。

確かにその通りだとアリアも考えたが、他にどうしていいのか分からなかった。

この集落の現状を知った以上、動かずにいられない。

一人でも自分の存在で〝助かった〟と感じる人がいるのなら、それが正解ではないかとも思う。

それに今は個人的な理由から、クタクタになるまで体を動かしていたかった。

少しでもぼんやりとしていると、街に行っているエルガーのことが心配で堪らなくなってくるのだ。

ジュゼからは『五日ほど家を空ける』と聞いていたが、エルガーが街に行ってから今日で六日目を迎えている。

「外出の日にちが延びるのはよくあることだよ。街での問題が解決していないのかもしれないし、帰路だって何かあれば安全に行動できる遠回りの道を選ぶ」

集落の家々を回って戻ってきたアリアに、ジュゼがそう淡々と告げた。エルガーが帰宅していないか訊ねたアリアへの返事である。

ジュゼは食卓に夕食を並べ、温かいお茶を淹れると着席するように促す。

今日、アリアはコナナの家を掃除し、そのあとにパルナと合流して竈《かまど》に使う細枝を森で集め、さらにそのあとは獅子型獣人の四兄妹の子守りをしつつ木登りの真似事までしたせいで膝が笑うほどクタクタだった。

ジュゼはもう彼女の頑張りを止めようとはしなかったが、呆れた様子を隠そうともしなかった。

「アリアが心配するのも分かるけど、エルガーで解決できないことが発生しているなら、それは僕たちにだって解決できないことだ。エルガーが望むのは、帰宅した時にアリアが元気にしていることだよ。君がボロボロになっていたら僕が怒られる」

ジュゼはアリアの対面に座ると自分もゆっくりとお茶を飲みはじめた。

カナンシャ王国で一般的に飲まれるお茶は独特な香りと共にほんのりとした甘味がある。ティルマティ家で飲んでいた頃はこの喉に残る甘さがあまり好きではなかったアリアだが、ここに来てよく体を動かすようになって以来、このお茶を美味しいと感じるようになっていた。

「ジュゼの淹れるお茶、美味しい……」

そう言ってアリアが微笑んだ時だった。

音もなく伸びてきたジュゼの手が、アリアの手の甲をすっと撫でた。

「……！」

アリアは瞬間的に手を引っ込め、飛び上がるように椅子から立ち上がった。

ジュゼに触られたのは〝あの夜〟以来だった。ほんの少しの接触だったのに、その部分に虫が這ったような嫌悪感があり、それが体中に広がっていく。

一瞬にしてアリアの警戒心が逆立っていた。

「いい反応だ。それでいい」

ジュゼはアリアの反応を見てニヤリと笑った。

「窓の外を見るんだアリア」

彼への警戒を解かないままアリアは横目で窓の向こうを確認する。

まだ閉じられていない窓の向こうには、木の実のように膨らんだ月が見えた。

満月が近い。

「一部の獣人たちがもうすぐ発情期に入る。やたら凶暴に野獣化して人間を襲うわけではないけど、発情を煽るような行動は避けて警戒はしておいてほしい……僕を含めてね」

「発情期……」

「ま、エルガーに殺されたくないから僕は自重するよ。けど発情期というのは昔から良いことも悪いことも発生しやすい。気をつけておくに越したことはない」

ジュゼの声色は明るかったが、金色に光る眼《まなこ》は現実を厳しく忠告していた。

獣人族なら慣れた発情期も、アリアにとっては初めての経験である。改めてここにいる人間は自分一人なのだと、孤独のなかで気持ちが引き締まった。

「あの、ジュゼ……訊いていいかしら？」

「ん？」

お茶を飲み終わり、椅子から立ち上がったジュゼを呼び止める。

発情期についてどうしても気になったことがあったのだ。

「発情期が来たら……エルガーはどうするの？」

現在、街で他の獣人たちと共にいるであろうエルガーに発情期が来たら——彼は誰か相手になる女性を探すのだろうか？　いや、探さなくても街にはそういう相手がいるのかもしれない。それで滞在が長引いている？

とりとめのない疑問が次々に浮かび上がりアリアの心を鬱々とさせると同時に、ここにいないエルガーに腹が立ちさえした。

そもそもアリアはエルガーの発情期に対してなぜ自分が思い悩んでいるのかもよく分かっていないのだ。近頃はこのよく分からない感情が体中に増殖していて、それでいて不快というわけではなく、ただアリアを混乱させていた。

そんな彼女の気持ちを慰めたのはジュゼの一言だった。

「エルガーに発情期はないよ。少なくとも僕は見たことがない。人間が獣人を去勢する目的がそれだからね」

「あ……」

なんて愚かな質問をしたのだろうと、アリアは冷静でいられなかった自分を恥じた。落ち着いて考えれば分かることだったのに、〝発情期〟という言葉に気持ちが動転してしまっていたのだ。

そんな彼女の心を見透かすように、ジュゼが言葉を続ける。

「人間なんて一年中発情しているだろ。特別なことじゃない」

それだけ言うと、ふわぁ、と大きなあくびを一つして、ジュゼは「おやすみ」と二階に上がっていった。

翌日からアリアは念のため集落への訪問を一時的にやめた。

発情期の影響がどれほどあるのか見当もつかなかったが、万が一、何かあってからでは遅い。

ジュゼの話を聞いて、自衛することもまた、獣人たちとの信頼関係を築くための大切な過程だと気がついたのだ。

とはいえ、やっと集落の獣人たちと打ち解けてきたというのに訪問をやめるのは無念だったし、もしかして自分を待ってくれている人がいるのではないかと思うと心苦しかった。

アリアの心情を理解してのことかは定かでないが、気分転換になったのはパルナの存在だった。

毎日のように集落で顔を合わせるようになったパルナは、突然現れなくなった〝友だち〟の様子を文字通りひとっ飛びで見に来たのだ。

（私が気になったというより、ジュゼが気になったのかも……）

屋敷に入ったとたんキョロキョロと視線が定まらないパルナを見て、アリアは思わず苦笑した。

「せっかく来てくれたんだから、ジュゼも一緒にお茶ができたらいいんだけど……今は子供たちの授業が終わると自分の部屋にこもっているのよ」

「え、あぁ……そっか」

パルナは彼女なりに事情を察すると、アリアの淹れたお茶を啜る。お茶が熱かったせいか、それとも別の理由からか、彼女の白い肌が赤く色づいた。

昨日から発情期に入ったジュゼは、部屋に閉じこもって一人でいる時間が長くなっていた。

食事などで時折見かける彼はごく冷静で平時と変わらない様子だったが、衣服に隠れていない肌をよく見れば、黒豹型特有の漆黒に輝く獣毛が伸びているのが見えた。

獣化の進行は発情の証である。

「発情期って言っても理性がなくなるわけじゃないから、別に怖がらなくても大丈夫よ。凶暴になるなんて人間の勝手な想像なんだから」

パルナは持参した菓子を頬張りながら、アリアに獣人たちの発情期について説明をした。

――発情期の影響を強く受けるのは青年期の男性に限られること。

——若い女性は妊娠しやすくなること。

——独身の者は発情期に入る前に意中の相手に贈り物をしたりと求愛に忙しいこと。

——とはいえ発情期は一週間ほどで終了するので、悶々《もんもん》と孤独にやり過ごす者も多いこと。

パルナの説明は、アリアが本から得ていた知識と異なっていた。

ティルマティ家の図書室にあった獣人の習性に関する本には、季節ごとにある発情期に入ると老若男女問わず獣人の誰もが情緒不安定となり、人間による監視が望まれると書かれてあったのだ。

もちろんゴアが選んで購入した書籍であった。

「人間って時期に関係なくいつでも発情して妊娠するんでしょ？　私からすればそっちの方が怖いわ」

パルナが呆れたように言った言葉に、アリアは顔を顰めつつも笑うしかなかった。

ジュゼも同じようなことを言っていたと思い出したからだ。

「そうね。人間も獣人もお互いに自分たちとは違うってだけで、恐怖を感じてしまうのかも。あ……このお菓子、すごく美味しい！」

「味の好みは一緒でよかった。ハナイゴの実を使っているの。銀の樹海にだけ自生する植物なのよ」

このあと二人は容姿の似ていない姉妹のように顔を突き合わせ、新しい菓子作りの話に夢中になった。

パルナは母から教えられたレシピを得意顔でアリアに伝え、アリアは良き生徒となって材料やら手順やらを書きとめていく。

「アリアってすごい……そんなにスラスラと字が書けるのね。私、書くのはすごく苦手なの」

感心した声を出したパルナにアリアはハッと顔を上げた。

アリアは読み書きに優れているが、それは下働きたちにかしずかれ、持て余した時間を勉強で埋めてきたからだ。この集落で忙しく働き出すと、あの日々は誰かの時間を搾取して生まれたものだったのだとよく分かった。

「パルナ、書く練習してみる？　字が書けると調理法を残したり、手紙を渡したりできて便利よ」

「手紙……」

咄嗟に出した提案だったが、思いがけずパルナの表情に春が訪れた。

夕焼け色に染まった彼女の顔を見て、アリアはすぐさま〝恋文〟という言葉を連想した。

ジュゼは読み書きができる。自己流なので完璧とはいえないが、他の獣人たちと比べると堪能とさえ言えるだろう。

そんな彼に想いを伝えるためには、文字が最適ではないだろうか？

「しばらく集落に行くのはお休みするし、勉強には最適な時だと思うわ。そうだパルナ。もしよかったら薬草の特徴と効能についてまとめるのを手伝ってくれないかしら？」

ちょうど銀の樹海で得られる薬草について書き出していたことを思い出し、アリアはいい教材になるだろうとパルナにその編纂《へんさん》の手伝いを頼んだ。

彼女はアリアよりも植物に詳しいので最適な勉強方法ではあったのだが――〝臭いがきつい〟だの〝便通に効く〟だのの言葉が恋文には役に立たないと気がついたのは、十種類ほどの薬草について絵と文字で書き出したあとだった。

「〝葉〟と〝混ぜる〟と〝臭い〟は完璧に書けるようになったわ」

それでもパルナは嬉しそうだった。そんな彼女を見てアリアも微笑む。

あまりに集中して作業を進めていたので、気がつけば夕食の支度をする時間にさしかかっていた。

窓の向こうでは落ちてきた太陽が世界を赤く染めている。

「帰らなきゃ！　また明日来るね。続きしよっ！」

立ち上がったパルナの腕はすでに白い羽毛に覆われはじめていた。

その美しさにアリアが目を細めていると、扉の手前で不意に振り返ったパルナが心配げな視線を向けてきた。

「そういえばエルガーってまだ街から帰ってきていないの？」

遅すぎない？　と言いかけた言葉は呑み込まれたが、その言葉でアリアは押し込めていた不安を膨らませる。

エルガーが街に出かけてからもう一週間が経っていた。

追っ手をまくために複雑な経路で街から戻ってくるにしても、時間がかかりすぎている。心配で堪らない。

忙しく過ごすことで彼の不在を忘れようとしたが、無駄な努力だった。どんなに忙しく働いて、一時的に笑顔でいても、常に心臓に針が埋まっているように苦しい。

今すぐ街に彼を探しに出かけたい。だけど自分はここから動くべきではないことは、アリアも分かっていた。

万が一にでも出会った人間に自分の素性を知られたら、ティルマティ家に連れ戻され、もう二度と屋敷の外に出られなくなるだろう。

そうなったら自分はもう正気でいられないとアリアは自覚していた。

「きっと……今晩か明日には戻ってくるわ」

何度も自分に言い聞かせた言葉でパルナに返事をして、アリアは夕日が揺らめく空に飛び立った友人を見送った。


翌日、アリアはエルガーがまだ帰宅していないことを確認したあと、大きな籠を提げて銀の森に入った。

銀の樹海は広大で彼女一人で進むのは危険だが、集落の周囲なら何度か歩いて勝手が分かっている。昨日、パルナに教えてもらったハナイゴの実や薬草を探しに来たのだ。

実は昨日の約束通り、昼前からパルナが書き取りの練習に来ていたのだが、思いがけずアリアはお役御免となっていた。

パルナの声がしたので部屋から出てみると、テーブルを挟んでジュゼと向かい合わせになり、何やら楽しそうに会話に花を咲かせている彼女の姿を見たのだ。

聞き耳を立てるつもりはなかったが、パルナが文字を書く練習をはじめたと嬉しそうに報告し、彼がそのことについて熱心に助言をしているのが分かった。

アリアが二人の会話に参加しそびれたのは、そこにある雰囲気がキラキラと輝いていたからである。

パルナとジュゼを中心に丸く幸せな空気が漂っていて、それは他者が割り入るとすぐに消えてしまう繊細なものだった。

頬を紅潮させたパルナはいつもなら子供のような容姿なのに、その時はとても大人びて見えたし、ジュゼは一見するといつもの何を考えているのか分からない笑顔だったが、発情期で出しっぱなしになっている尻尾がくねくねと動き、時に踊るように床をパタンパタンと叩いたりと忙しそうで、彼の心を代弁していた。

そこでアリアはごく簡単に二人に挨拶だけ済ませ、逃げるように家を出たのだ。

銀の樹海は帰らぬ人を待ち続ける孤独なアリアを歓迎しているようだった。

夏が終わりかけている今の時期は暑さもずいぶん穏やかになっており、木々の作る日陰が肌に優しい。

(ハナイゴは湿地を好むんだっけ……川辺に生《な》っているかも)

アリアは、時折やってきては一つにまとめた黒髪を乱していくそよ風を受けながら、川辺に向かっていった。

パルナに聞いたハナイゴの特徴は〝赤みを帯びた低い針葉樹〟と分かりやすく、特に今の時期は星形の赤い実をつけているという。

川に沿って山を下っていく分には迷子にもならないだろうと、膝まで届く茂みを分けるようにぐんぐん進んでいった。

　この辺りは川の源泉に近く、湧き水が地面を湿らせている。

　以前ならこんな足下の不安定な場所を一人で歩き続けるなど、体力がなくてできなかったが、今のアリアは日々の生活のなかで自然と体力を養い、健康的な体を手に入れていた。

「あ、あった！」

　思わず一人でそう叫んだのは、進行方向の川べりにほんのりと赤い針葉樹を見たからだ。

　パルナに聞いた通りそれほど背の高い木ではなく、駆け足で近寄ってみれば五つの稜から成る赤い実をつけていた。

　アリアは足を踏み外して川に落ちないよう気をつけつつ、よく熟れたそれを一つ、また一つと摘み取っていく。

　ハナイゴの実に触れた指先からは、昨日食べた菓子と同じ甘酸っぱい匂いがしはじめていた。

（せっかくだからパルナに渡す分も多めに採って……）

　収穫は大人にとっても子供にとっても楽しいものだ。

　アリアはいつしか夢中になっていた。そこが野生動物のいる大自然の真ん中であることも忘れて……。

背後を振り返ったのは、突如、何か予感めいたものを感じたからだった。それも悪い意味での。

——何かいる!?

周囲を見回し、風が木々を揺らす音に耳をそばだてる。

自分をじっと見ている存在を感じ、皮膚が警戒で総毛立っていた。

「……!」

思わず手に持っていた籠を落とし、足下に収穫されたばかりのハナイゴの実が散らばる。

茂った草むらのあいだから〝獲物〟を狙う鋭い目を見たのだ。

しかもその目は二つだけではない。

獲物に気づかれたと分かったのだろう。草むらを分けてそれらは姿を現した。

野生の狼である。

風下から腰を落として近づいてくる彼らは、すでに狩りの臨戦態勢に入っていた。

この辺りに住む野生の狼はそれほど体格が大きくないが、大規模な群れで暮らすのが特徴だ。アリアは気がつけば十四以上の狼に狙われていた。

もちろん野獣には生きるための本能しかない。人間と獣人が共有している倫理観や道徳心など、当たり前だが通用しない。

狼たちにとってアリアは、ただ柔らかそうな肉だった。

恐怖で全身が強張って動けない。どうすれば自分は助かるのか必死で考えようとしても、思考が萎縮して働かなかった。

狼たちは今や食欲を隠さず、剝き出した牙のあいだからよだれを垂らしている。

次の瞬間、狼の一匹が飛ぶようにアリアに向かって突進してきた。

疾風にも似たその動きがはっきりと見えていたわけではない。しかしアリアは咄嗟にハナイゴの茂みに飛び込んだ。本能で向かってきた狼に対し、アリアもまた本能で逃げたのだ。

ハナイゴは針のように細い葉を持つ植物である。枝だけでなく葉もアリアの肌に突き刺さった。

痛みを感じなかったのは、目の前に迫る牙の方が危険だったからだ。

狼は茂みに飛び込んでこようとはしなかった。低木の針葉樹林はアリアの皮膚を突き刺しながらも、同時に彼女を守っていた。

しかしそれも長くは続かない。

狼たちは追い詰めた獲物を手に入れようと、ハナイゴの茂みを囲みはじめていた。

そして我先にとばかりに太い前足で枝を退《ど》け、何とか獲物を牙にひっかけてやろうと試みる。

アリアの周囲では獣の唸り声と共にバキバキと音を立てながら枝が折れ、自然の防壁が崩されはじめていた。

「キャッ！」

一匹の狼が大きく前足を振り下ろし、アリアの腕を引っ掻いた。

痛みを感じる前に、アリアは次の衝撃に翻弄される。反射的に足を後ろに大きく一歩引いたものの、そこに地面がなく川に転がり落ちたのだ。

ハナイゴの木は川岸にへばりつくように自生しているので、後退すれば川に落ちるのは分かりきったことだったが、この状況のアリアに判断できるはずもない。

傾斜を転がり落ちて、全身が水に濡れても、アリアは自分に何が起こったのかしばらく分からなかった。

幸か不幸か、川は膝ほどの水深でアリアを流れに呑み込むほどの勢いはなかった。

よって小さな傾斜を駆け下りてきた狼たちが水流に怯むこともなかった。

全身の細かな切り傷から血を滲ませた彼女は、獣たちにとって実に美味しそうな姿だった。

十四以上の野獣が鼻筋に皺を寄せ、牙を剥き出しながら駆けてきたのだ。アリアは恐怖で声も出なかった。

逃げようと立ち上がったものの、震えている足では水を蹴って走ることもままならない。

「誰か、誰か……」

喉の奥でつっかえた悲鳴と共に、ほとんど無意識に助けを呼んだ。

しかし銀の樹海の静寂を揺らすのは、はぁはぁという獣たちの生々しい息遣いしかない。

一匹の狼が大きく跳ね、アリアに飛びかかる。

終わりがきた――アリアが瞼を閉じたその時だった。

ギャンッ！　という金属を引っ掻いたようなけたたましい音が川面を揺らした。

目の前で狼が尻尾を腹の下に入れ、頭を垂れているのを見て、アリアはその音が獣の声だったことを知った。

「立てるか？」

気がつけばアリアは逞しい腕に抱き寄せられていた。

「エルガー……」

顔を見上げなくとも、筋肉のすぐ上を覆う薄い獣毛と、そこに浮き出た黒い斑紋が声の主を知らせていた。

エルガーの存在を感じた瞬間、錆びついた金属のように強張っていたアリアの全身が自由になった。

もう大丈夫。十四を優に超える牙を剝き出しにした狼に囲まれていても、そう確信できた。

彼さえいれば、アリアは地面が割れて空が落ちてきたとしても平気だっただろう。

アリアは川底に足を踏ん張ると、しっかりと自分自身で立った。

「私は大丈夫です」

エルガーが戦闘態勢に入ったのを空気で感じ、彼の邪魔にならぬよう自ら体を離した。

彼はほんの一瞬――けれど永遠にも思えるような慈しみを持ってアリアの手首を撫でたあと、狼たちに先制攻撃を仕掛けるために大きく駆け出した。

力のぶつかり合いでは防御にまわる方が圧倒的に不利になる。彼はそれを知っていたのだ。

驚いたのは狼たちだった。彼らは背中を見せて逃げる獲物の足に咬みつく予定だったのだから。

先頭にいた狼はほんの小さな動揺で動きが遅れ、エルガーの鋭い爪に皮膚を裂かれた。

生きるか死ぬかの瀬戸際に遠慮などない。数の上で圧倒していた狼たちは、本能的な連携で一斉に攻撃を仕掛けてきた。

一度咬みつかれては、それが命取りになる。

エルガーは長い腕を振り回し、間合いを取りつつも狼たちの鼻先を狙った。

急所を殴られた狼はギャウンと甲高い声を上げて尻尾を巻くと後退する。

狼よりもエルガーの方が素早く、跳躍力もあった。

彼は身体能力を全開に発揮し、水を蹴って河原を駆けながら攻防を続ける。

もし相手が三匹、四匹なら、すでに勝負がついていたことだろう。しかし数の上で圧倒的に優位である狼たちはしぶとかった。

獲物がいつかは疲れてくることを知っているのだ。

拳と牙と脚力がぶつかり合う様子を、アリアは息をするのも忘れて見守っていた。

戦神のごときエルガーの戦いぶりは尋常ではない勇ましさだったが、少し離れた彼女の位置からだと狼の包囲網が狭まってきているのが分かった。

一度後退した狼も、仲間がエルガーを襲っているあいだに体勢を立て直して戻ってくるのだ。

――このままでは危ない。

そう感じたのはアリアだけではなかったのだろう。

「アリア、逃げろ！」

エルガーが背中越しに叫んだ。

万が一の時のために彼女だけでも逃がしておこうと考えたのだ。

しかしアリアは逃げることなど一切考えられなかった。何日も離ればなれだった彼とやっと会えたというのに、こんな風にまた別れるなどあり得ない。

彼女の思考はめまぐるしく動き、エルガーを死なせないためにはどうすればいいのか考える。

非力な自分が助けに加わっては反対に彼の足手まといになるのは分かっていたし、村に戻って助けを呼ぶには遠すぎた。

（どうすれば……）

ほとんど無意識にアリアは小石ばかりの地面に視線を彷徨《さまよ》わせる。

緊張で研ぎ澄まされた勘が彼女に一筋の光を見せた。

アリアは無数の石のなかから黒い石を選び出して拾うと、それを強く打ち合わせる。大きな火花が散ったのを確認して、火口《ほくち》となる枯れ葉を素早く集めた。

この辺りの河原には天然の発火石が落ちているのだ。

これらの石には発火しやすい成分が混じっており、強く擦り合わせると火花を散らす。

ティルマティ家にいた頃は竈の火を起こすことなどなかったが、今のアリアは発火石を見分けることも、どんな木の枯れ葉が多く油分を含んで火口に最適であるかも知っていた。

（早く、早く……）

焦りながら火を大きくして、落ちている枝に火を移した。

幸いにも河原には増水した時に流されてきた枯れ枝が散乱している。濡れているものを避けても、すぐに火のついた枝を両手いっぱいに得ることができた。

アリアは夢中でエルガーのもとに向かうと、彼を取り囲む狼たちに向かって火のついた枝を投げはじめた。枝は横向きに回転しながら狼たちの前に落ちる。

大した火力ではないので狼たちは逃げ出そうとはしなかったが、それで十分だった。

集団のなかに起きた小さな萎縮をエルガーは最大限に利用する。

自慢の脚力で一気に跳躍すると、炎に気を取られる獣に飛びかかったのだ。

エルガーが狙ったのはリーダー格の狼だった。

素早く鼻先に拳を一発叩き込むと、反撃される前に狼の前足を摑んで川に投げ飛ばした。

そして足元にある炎のついた枝を摑むと、まだ牙を剝いている狼たちに向けた。

両者の睨み合いは長くは続かなかった。

一匹、また一匹と踵を返すと素早く森の奥へと帰っていく。

最後の一匹が木々のあいだに消えると、銀の樹海はまるで永遠の平和を約束しているかのように静寂を取り戻した。

エルガーは荒い息を吐きながらゆっくりと――草木が芽吹くようにゆっくりとアリアに視線を向けた。

彼の金色に輝く瞳を見た瞬間、アリアは一気にやってきたいくつもの感情で心が破裂しそうになった。

なぜこんなに帰宅が遅くなったのかという苛立ちが湧いたかと思うと、すぐに何かよくない事情があったのかもしれないと心配になり、次いでなんにせよこうやって再会できたのだという喜びが爆発的に広がったところで、やっと安堵を感じることができた。

しかしすぐにそれらを凌駕する灼熱の感情がどっと押し寄せてきて涙が溢れる。

この人が恋しかったのだ。

アリアは今やっとそれが分かった。

恋しくて、恋しくて堪らなかったのだ。

命の危機はアリアの混乱していた思考を乱暴に吹き飛ばし、本人さえ気がつかなかった恋の芽生えを剝き出しにしていた。

憎しみと悲しみのなかからそれがどうやって芽吹いたかなど、アリアにも分からない。

ただ自分がエルガーに恋い焦がれていることだけは明確に分かった。

「エルガー……」

高まる気持ちが声になったが、何を言えばいいのか分からなかった。

エルガーも彼女と同様、ギュッと口を引き結んだまま何も言わない。

しかし言葉などいらなかった。

エルガーはアリアのもとに真っ直ぐ向かい、彼女を強く抱きしめる。

そして二人は喉の奥底に詰まっている相手の想いを吸い出すように、互いに唇を重ねた。

エルガーの肉体はどこもかしこも筋肉質で硬かったが、唇だけはできたてのように柔らかく繊細だった。

剝き出しの心臓みたいだと思いながらアリアは唇を食み、誘われるままに舌を絡ませた。

体が自然と彼を求め、これ以上ないほど寄り添う。

獣たちと戦うためにあったエルガーの二の腕は今やアリアの傾げた頭を支えるためにあったし、アリアの女性らしい肉体の曲線は、彼の岩のような筋肉を包み込むために存在していた。

獣化で伸びた鋭い牙がアリアの舌に触れる。尖ったそれは先ほどの狼たちが持つそれと何ら変わりなく、凶暴な姿をしていた。

それでもアリアは舌に触れるその鋭利な感覚が嬉しくて、さらに彼の口腔を貪った。

エルガーにならこのまま食べられてしまいたいと本当に願ったのだ。

「傷が……屋敷に戻って手当てをしよう」

喘ぐようにそう言って、己の内臓を引き千切る思いで体を離したのはエルガーだった。

アリアはハナイゴの茂みに隠れた時にたくさん細かい傷を作ったばかりか、右腕には狼の爪痕まであった。

エルガーも無傷では済んでおらず、胸部を爪でえぐられ服が破れて血が滲んでいる。

幸い二人とも深い傷ではなかったが、アリアがエルガーを心配しているように、エルガーもアリアを心配していることは彼の視線が物語っていた。

エルガーは火のついた枝を手早く集めて川に投げ入れると、自分が持参していた荷物とアリアが持参していた籠を拾い上げ、その作業の続きみたいにアリアの体をひょいと持ち上げて肩に担いだ。

歩行ができないほどの怪我をしているわけではなかったが、今は所有物のように扱われるのが心地よく、何も言わずに彼の荷物となる。

地面とのあいだで揺れる彼の艶やかな尻尾を見ながら、アリアはこうやって担がれたのは二度目だと考えていた。一度目はもちろん花嫁道中で連れ去られた時である。

（あの日から絶望の底に堕ちたはずなのに……）

ぼんやりと考えながら、アリアはほとんど無意識のうちに揺れる尻尾に手を伸ばしていた。

エルガーの尻尾は金地に黒の斑紋がくっきりと入って美しく、触れば上質な絹よりも滑らかだった。

指先に尻尾の先を巻き付けると、尻尾はするするとアリアの手の平を撫でながら手首に絡まる。エルガー自身はいつもの仏頂面だったが、彼の尻尾はずいぶんと甘えん坊だ。

（この尻尾まで愛おしい……）

アリアは自分の体温が上昇していくのを感じながら、エルガーへの想いが体中に延焼していくような感覚に喘ぐ。

いくら自分の気持ちを理論的に考えようとしても、もう無理だった。

これはパズルの欠片を丁寧に嵌めて出来上がるような代物ではない。乱暴とも言える理不尽さでやってくる感情だった。

「寂しかった……」

アリアがそう呟くと、エルガーの体が一瞬強張ったのが肌越しに伝わってきた。

彼は歩く速度をゆるめ、最後にはぴたりと立ち止まってしまった。

◇◇◇

エルガーは何か考えがあって歩みを止めたわけではなかった。

「寂しかった」と唐突に言われて、すこぶる動揺しただけだ。鼓動が妙に速くなり、それを悟られるのが恥ずかしく、慌てて肩に担いでいたアリアを地面に下ろした。

街にいるあいだ、忙しくしつつもアリアのことをいつも考えていた。

ずいぶんと長引いてしまった外出に彼女が心配しているのではないだろうか？　寂しがっているのではないだろうか？　と考えた時もあったが、次の瞬間には恋人でもあるまいし、と自ら打ち消す日々だった。

屋敷の裏庭で交わした口づけと、思わぬ欲情。そしてアリアの拒絶を何度も思い出しては行き場のない想いを滾《たぎ》らせてきたのだ。

エルガーは自分の内側で煮え立つこの感情の名前を知らない。

今も自分を見上げるアリアの瞳に好意が溢れている気がするのだが、どうすればいいのか分からなかった。

「帰宅が遅くなってすまなかった」

アリアの視線にチリチリと皮膚を焦がされながら、エルガーは精一杯の弁明を試みる。

身体的な事情から女性とまともな関係を築いたこともないので、アリアの真っ直ぐな言葉にもどう返せばいいのか自信がなかった。

「街に他国の者が来ていたんだ。彼らは人間だが獣人のために活動していると言っていた。他国ではカナンシャ王国での獣人の扱いが問題になっているらしい。彼らと話し合いを重ねていたら遅くなってしまった」

エルガーはそれだけ一気に言うと、再びアリアを抱き上げた。

今度は肩に乗せず、横抱きにする。肩に乗せる方が長距離の移動に向いているのだが、彼女の顔を見ていたかったのだ。

ティルマティ家で働いていた頃からアリアは可愛らしい少女だったが、成長した姿は女神のごとき美しさで、女性に一切興味のなかったエルガーをも魅惑し続けていた。

「外国ではもっと獣人たちに寛容なのでしょうか？」

どこか夢見るように訊ねたアリアに、エルガーは落ち着いた声色になるよう努めつつ答える。

「他国では人間と獣人は同じ環境で働くように定められている。カナンシャ王国は王族だけが立法権を握っているから、古い時代の悪習が強く残っているんだ」

理知的な会話で心の弾みを抑えようと試みたエルガーだったが、アリアが指先で胸部を撫ではじめたせいで声が上ずった。

　彼女はエルガーが受けた傷を心配しているのだが、当の本人はもうその傷のことなど忘れており、むしろ彼女の指の柔らかさに痛みを感じていた。

　尻尾を撫でられた時もそうだが、アリアの華奢な指は何か魔力を秘めているかのように彼を昂ぶらせる。

「アリア……」

　思わず彼女の名を呼び、胸が潰されるような想いをため息で吐き出す。

　するとアリアはそのため息を受け止めるように顎を上げ、薄く唇を開いた。

　アリアの唇は馨《かぐわ》しい花だった。エルガーはその開いたばかりの花に口づけを落とし、同時に舌を差し入れる。

　口腔で絡まり合う二人の舌は擬似的な性交に近く、すぐにエルガーの下肢がずくりと重みを増していった。

　この慣れない感覚に小さく呻きながら、エルガーは可憐な唇をさらに吸った。自分の血液が甘くドロリと流れるようなこの感覚が起こるのはアリアと触れ合っている時だけだった。

　今まで自分を男のなり損ないだとさえ感じていたのに、彼女といると全身が雄の鋭気に満ちていく。

「エルガー……私……」

「傷の手当てをしなくては」

アリアの言葉を遮って、エルガーは歩みを速める。

つま先から理性が崩れていくのを感じ、一刻も早く屋敷に到着しなくてはと焦ったのだ。

これ以上アリアと触れ合って、雄の欲望が暴走するのが怖かった。

エルガーの脚力をもってすれば、集落まで戻るのは大した時間を必要としない。

抜け道を通って集落に到着した彼は、アリアを下ろそうともせずに村の真ん中を突っ切って進んだ。

(静かだな……)

歩きながらそう思ってすぐに今が発情期であることを思い出し、納得がいった。

発情期は恋人や配偶者と過ごす期間で、相手のいない獣人や年齢的に発情が起きていない獣人もその神聖な時間を尊重して静かに過ごす。

いつものエルガーならこの期間は己の肉体的欠陥を強く意識し、ゴアに対する恨みを募らせるのだが、今は違った。

恨みを溜め込む余裕がないほどに彼自身も性欲の疼きに苛まれており、自分を見上げるアリアの瞳にかかった長いまつげが揺れる様子や、手の平に伝わってくる肉体の柔らかさ、手の甲に触れる長く美しい黒髪にまで扇情されていた。

「消毒剤を持ってくる」

屋敷に到着してアリアを寝台の上に下ろすと、エルガーは半ば逃げるように薬草を保管してある貯蔵室に向かった。

その途中、立ち止まって台所で水をガブガブと口端から溢れる勢いで飲んだ。ここに至るまでの道程で喉が渇いていたこともあったが、何とか理性を取り戻そうとしたのだ。

水瓶に溜められている飲料水はよく冷えていて彼の思考を冴えさせたが、同時にアリアを抱きたいという欲望が明瞭になってさらに焦燥に駆られた。

（この感覚は怒りに似ている）

体のなかで肉欲がバチバチと弾け、発散させろと本能が喚いていた。

危険な思いを消火するようにさらに水を飲み、アリアの分もカップに注ぐと、エルガーは何度か深呼吸をしてから薬草を手に部屋に戻った。

今はアリアの手当てをするのが最優先事項である。

部屋の扉を開けるとアリアは寝台にちょこんと腰かけて、エルガーが戻ってくるのを待っていた。

「傷はどうですか？」

先にそう訊ねたのはアリアだった。

「これくらいなら俺は平気だ。人間よりも皮膚は強い」

傷だらけの自分よりも他人を心配する彼女に眉を顰めながら、エルガーは彼女の嫋《たお》やかな腕を摑んで様子を見る。

そこには狼の爪による三本の長い引っかき傷があり、まずこれを消毒する必要があった。

幸い出血は止まっており、傷も深くない。エルガーは水をたっぷりと含ませた綿布で傷のある箇所を清潔にしてから、殺菌効果のある薬草を煮詰めた液体を塗り込んでいく。

「……っん！」

「痛いか？」

アリアは唇を引き結んだまま首を何度も縦に振って、薬草が傷に沁みるのだと無言で訴える。その様子は子供時代の無邪気な彼女を思い出させ、エルガーは自分の心臓がギュッと収縮するような痛みを覚えた。それは痛みだけではなく、存外に甘い。

「他の傷は……」

視線を移動させるとアリアの首筋に小さな傷があるのに気がついた。

出血はないものの、白い肌に残った無粋な赤い傷にチリチリとした嫉妬のようなものを感じた次の瞬間には、エルガーは無意識のうちにそこに唇を当てていた。

（彼女の肌に痕を残すのは、俺だけでいい）

そんな独占欲にまみれた想いに我ながら驚き、同時に認めないわけにはいかなくなった。

アリアが愛おしい。どうしようもないほどに。

白い肌、流れる黒髪、物憂げな瞳、漏れる呼吸まですべてが愛おしく、自分のものにしてしまいたかった。

一度己の気持ちをしっかり自覚すると、堰を切ったように感情が止まらない。

エルガーは首筋に優しく舌を這わせてそこを支配してしまうと、うっとりと視線を投げかけてきたアリアの瞼にも口づけを落とした。

口づけを受けたあと、再び双眸《そうぼう》を開いたアリアはその視線と同様に真っ直ぐに言う。

「帰ってきてくれるのを毎日待っていました。あなたがいないと世界がいつもより暗いのです。太陽も月もくすんでしまう……」

「それならば……いつもお前と共にいよう」

それは愛の告白などではない。もっと確実な約束だった。

二人はどちらともなく引き合い、永遠のような口づけを紡いでいく。混じる唾液さえも、ひどい乾きを癒やす清水のごとく生きる糧《かて》となっていった。

エルガーは自分の心臓が肋骨を叩くように高鳴っているのを聞きながら、拳を握りしめる。性的興奮で獣化しそうになった爪を必死で制御しようとしたのだ。

しかしすでに皮膚には豹の斑紋が現れていた。

「……獣化を制御できない。逃げるなら今のうちだ」

「〝いつも共に〟……私も同じ気持ちです」

アリアの返事を聞いて、エルガーはグルル……と獣じみた唸りを上げることしかできなかった。

もうこの想いを止めることなどできない。

理性を投げやったエルガーはアリアの太ももを優しく摑んでそこの柔らかさを味わう。

服の下に隠れているアリアの皮膚はどこもかしこも信じられないほど柔らかく繊細で、エルガーの手に吸いついてきた。

寝台に押し倒すとアリアは一瞬だけ体を強張らせたが、すぐに心を決めたように顎を上げ、すべてを委ねるのだと視線でエルガーに伝えた。

清らかで強く、そしてほんの少し怯えた瞳だった。

エルガーは彼女を怯えさせないようゆっくりとした動きで服を脱がし、寝台に横たわる女神を眺める。

アリアの胸の先端はいかにも刺激を求めるように勃ち、赤く膨れていた。

舌全体を使ってエルガーはそこを執拗に味わった。

唇に触れる乳房の柔らかさと口腔で弄ばれて揺れる先端の存在は何とも官能的で、彼を耐えがたいほどに滾らせていく。

無意識のうちに猛った己のものをアリアの腹に擦りつけ、腰を揺らしていた。

(俺はなぜ傷つけたんだ……こんなにも美しいものを)

劣情の隙間をぬって、ジュゼに犯されていた彼女の様子が脳裏に浮かんだ。

後悔はエルガーの内側で執着へと変わり、あたかも精液を溜めるようにひたひたと腰の辺りに絡みつく。

「ぁあ……」

アリアが艶めかしい声を漏らしたのは、彼の手が秘《ひめ》やかな茂みを撫でたからだ。

彼の大きな手で触れるとアリアの秘部はあまりにも儚げで、今にも壊れてしまいそうだった。

自分の爪が彼女の肌を傷つけないよう気をつけながら、エルガーはさらに指を進め、そこに隠されていた淫裂を左右に開く。

薄い肉襞のあいだに隠れていた蕾に指先が触れると、アリアの体がぴくりと震え、切なげな吐息が唇のあいだから漏れた。

「エルガー……」

自分の名前がこれほど甘い響きで呼ばれるなどエルガーは今まで想像したことがなく、それだけで幸福感が体に満ちる。

エルガーは彼女の声が聞きたくてさらに指の腹でその小さな部分を小刻みに撫で、快楽を送り込んだ。

正確に言えば彼は女性に悦びを与える方法に詳しくはなく、ただ無我夢中だった。

思春期の真っ只中に去勢され、種だけではなく異性への興味さえも奪われたのだ。性的な知識に関しては、ジュゼの方がずっとある。

エルガーは今、雄の本能に加え、アリアへの強い想いに導かれて動いていた。

彼女の呼吸が乱れる場所を探し、肌が紅潮する様を眺めては、指先で肉体の神秘を感じ取る。尻尾は主のことなど我関せずといった風に動き、アリアの脚を撫で回したあと、蔓《つる》草《くさ》のように彼女のふくらはぎに絡まっていた。

エルガーはアリアの反応を指南書代わりに貪欲に性を学んでいく。

そして彼女も真っ直ぐに与えられる快感を享受し、欲望に対して熱心だった。

感じやすい箇所は可愛らしく膨らんで存在を示し、太ももに滴るほど潤いに満ちている。

事前の知識や経験がなくとも、ひとたび愛欲を貪りはじめた二人は慣熟するのも早かった。

エルガーはアリアの泉から湧き出てきた愛液を指に纏い、小さな一点を優しく刺激し続ける。

「っんん……ぅうあ、ぁあ……」

呼吸音に音色が加わり、アリアは淫らな歌をうたいはじめていた。

嬌声は彼の指の動きに合わせて大きくなり、小さくなり、次第に腰も艶めかしく揺れはじめる。

エルガーの指には時折、膣の入り口部分がきゅきゅっと何かを求めるように収縮しているのが感じられたが、彼はそこに指を進めようとはしなかった。

（壊してしまいそうだ……）

傷つけてはいけない。そう思うと同時に、彼女はすでに自分の企みにより、取り返しのつかないほど傷ついたのだと思い出し、後悔に呻く。

官能の狭間にやってくる慚愧《ざんき》は、甘い果実に埋め込まれた毒のように吐き出すことが難しい。

「エルガー……ぁあ、そこ……そこ何だか……」

「ん？　もっと触れていいか？」

アリアは頬を真っ赤に染めながら頷き、さらにそれを求めた。

しかしエルガーは躊躇った。もう絶対に彼女を傷つけたくなどないのだという気持ちが、彼を臆病にさせていた。

「無理はさせたくない」

「エルガー、私……気持ちいいの……お願い」

エルガーが思わず獣のように唸ったのは、その言葉に痴情を剝き出しにされたからだ。

彼の人生で感じたことのないほどの強い欲望が体中に渦巻き、獣毛が総毛立つと同時に斑紋がくっきりと浮き上がる。

「アリア……お前を、喰いたい……」

エルガーは独り言のようにそう呟くと足下に跪《ひざまず》き、すべての許しを請うように彼女を見上げた。

◇　◇　◇

「お願い」と続きを求めたのはアリア自身だった。

しかしエルガーの鼻先が脚の付け根に触れた瞬間、アリアは彼が何をしようとしているのか悟って後退った。

「エルガー、だめ……そこは、あぁ……」

彼にならなにをされてもいいと思ったのに羞恥で両脚を閉じてしまう。

だがひとたび許しを得たエルガーはもう止まろうとはしなかった。長く伸びた尻尾が彼女の脚に絡まり、慎み深いそこを開かせる。

「んん……！　エルガー……ぁあああっ！」

先ほどまで彼の指に愛撫されていた部分に、今度は舌が触れていた。

豹型獣人特有の微小な突起を備えた舌である。

ぷくりと膨れて敏感になった花芯を下から上にざりっと舐め上げられた刹那、弾けるような喜悦が全身に広がり、アリアは肌を粟立たせた。

――気持ちいい。

そんな素直な言葉は声になっていかなかったが、甘く蕩けた吐息がそれをエルガーに伝えた。

「俺の無骨な指よりもマシだろう？」

エルガーは愛撫をしながらも先ほどから喉奥をグルル……と鳴らしている。

獣めいたその呻きはアリアの耳に心地よく、彼女の官能をくすぐっている。

アリア自身は未熟なあまり、何が自分を魅了しているのか分かってはいなかったが、もし性的に熟知した女性であれば、エルガーの全身から発散されている雄の色気にどうしようもなく惹かれているのだと自覚しただろう。

「ん、ぁあ、あ、あ、あ……エルガー、だめ、それは……ああっ！」

アリアの嬌声が一段と高くなり、白い肌に汗が滲んだ。

爪で傷つけないようにと遠慮がちだった指での愛撫に比べ、長い舌は容赦を知らない。

ザラリとした舌で硬くしこった部分を捏ねられ、唾液と共に丹念に舐めまわされるほどにアリアの体は内側から砕けていく。

犯された時も快楽の奈落に堕ちていたが、催淫効果のなかではすべてが自分ではない誰かが経験しているような感覚だった。

しかし今は違う。エルガーの指も、舌も、呼吸も、視線も、肌に焼きつくように存在を示していた。

「ぁあああ……くる……」

それは芯の部分をちゅぅと吸われた瞬間だった。

子宮に溜まった悦びが弾け、瞬く間に全身に広がった。

肢体が強張り、絶頂感が駆け抜ける。

アリアは突然やってきた愉悦に体を震わせ、ただ手負いの獣のように細く呻いていた。

エルガーはそんな彼女を熱心に見つめながらも、快楽の支配から簡単には解放しない。

白く女性らしい脚を持ち上げ、蜜を湛えてぬらりと艶めく秘部を天に向ける。

「んっ、ナカ……あ、あ……だめぇ」

エルガーの長い舌がアリアの内側を探索しはじめていた。

絶頂を迎えたばかりの体は熟れきっており、媚肉が彼の舌の突起一つ一つに絡みつく。

その例えようのない感覚は強い刺激ではなかったが、中毒性のあるものだった。

――もっと、もっと……奥まで……。

アリアの内側で獣の雌が覚醒しはじめていた。もっと淫乱であれと言うように、彼女の膣道はきゅうきゅうとうねる。

その望みに応えようとエルガーの舌遣いは激しくなっていった。

隘路《あいろ》をほじられるほどに、解放したばかりの快感が急速に溜まっていく。

「あ……ひぅ……そ、そこ、おかしくなる……」

「痛いか？」

「気持ちいい……もっと……」

〝もっと〟何をほしがったのか、アリア自身もはっきりとは分かっていなかった。

しかしエルガーには彼女と自分が望んでいることが同じであると明確に分かっていた。

彼は立ち上がると下穿きを引き下ろし、張りつめた男茎を露出させる。刃を磨くように一撫でると、それはさらに角度を鋭くした。

エルガーのそこには棘がない。代わりにあるのは棘の先端が失われたような突起のみだ。

豹型獣人の男性なら通常は大人になるほど鋭利に育つ部位だが、エルガーは去勢によってその成長が止まったままだった。

「自分のここが嫌いで堪らなかった。男として未熟で醜い……どうせなら削ぎ落としてしまいたいとさえ思った。だがお前を傷つけないのならこれも悪くない」

官能の最中にいたアリアは、エルガーの言葉をきちんと理解できてはいなかった。しかし彼が薄く微笑んだのに気がついて、共に微笑んだ。

(笑っていてほしい)

この瞬間、アリアはそれだけを願い、エルガーを抱き寄せるように両手を伸ばした。

二人の体が重なり、寝台がギシリと軋む。

エルガーの男茎はゆっくりと隘路を進み、子宮の入り口まで来るとそこを強く押し上げてから進行を止めた。そしてアリアの内側が慣れるのを待つように、じっとそこに留まる。

強い圧迫感はあれど痛みはなかった。

「もう、俺のものだ」

ふぅふぅという荒い息のあいだにエルガーが呟く。

その声は誰に聞かせる風でもなく孤独を纏っていたが、アリアは受け止めると「はい」と同じように息を乱しながら答えた。

微棘がないとはいえ彼女を穿つ肉塊は大きく、呼吸さえも上手くできない。

それでもアリアは幸せだった。

エルガーの熱が体に満ちていくほどに、心も満たされていく。

「エルガー……私、嬉しいの……」

彼の巨軀に四肢を絡ませ、精一杯の言葉を全身で伝えた。あの時とは違う、自分自身が望んで体を繋げているのだと、分かってほしかった。

しかし彼は歯を食いしばったまま、言葉を返そうとはしない。

言葉を発することができなかったのだ。

絶え間ない締めつけは甘い責め苦で、エルガーは制御の難しさに汗を滲ませる。

獣人と人間の交接は獣人側にかなりの忍耐が求められる。

〝獣人男性は発情すると理性を失い人間を襲う〟と考える人間は多いが、遠慮のない激しい性交を求めている者は人間など襲わない。

体力や体格に差がありすぎて、お互いに満足できない場合が多いゆえである。

それでも獣人男性と人間女性が交わる例が後を絶たないのは、やはり心がある者同士である以上、その不便さを乗り越えて互いが求め合うこともあるからだ。

「アリア、動きたい……」

耐えられなくなったエルガーがぽつりと呟いた刹那、アリアは自分の内側が擦られるのを感じ、艶やかなため息を漏らした。

ほんの少し動くだけでも突起があるせいで摩擦を強く感じる。

肉塊がじわじわと後退したかと思うと、抜けそうなきわで再び侵入してきて奥をぐっと重く押した。

エルガーの抽送は回数を増すほどに勢いが強くなっていく。

同時にアリアの媚肉は受け入れるべき形を覚え、悦びを学びはじめていた。

「ぁああ、エルガー……深い……」

「悪い。少しだけ我慢してくれ」

「奥、なんだか……ぞくぞくして……」

「ああ……これ以上は挿れないよう気をつける」

「違うの……あっ、それもっと……気持ちいいっ……！」

「っくそ！」

性に未熟なゆえに、アリアは快楽を真っ直ぐに伝えた。

恥じらいはあったが、繋がりながらもなお逡巡《しゅんじゅん》を抱えているエルガーに、自分の気持ちを受け止めてほしかったのだ。

「もし痛みが強くなったら、俺を蹴り飛ばしてでも止めろ」

そう言ったエルガーは苛立った声ながらも、上気した顔で笑っていた。

（やっぱりこの人の笑顔は可愛い）

そう思ったものの、残念ながらその笑顔をうっとりと眺めている時間は与えられなかった。

エルガーの腰遣いがさらに激しくなり、アリアの嬌声が高まる。

エルガーは木槌でも打ち込むように強く腰を振りはじめていたが、本能の一つ手前に置いた理性で挿入の深さを加減していた。

箍《たが》が外れてきているのはアリアの方だった。

すでに処女ではなくなっている彼女の体は、あの瞬間から女へと変わりはじめていた。

彼女の記憶に狂乱的な快感が留まっていなくとも、肉体が覚えてしまっている。

じゅぷ、じゅぷっと水音を立てながら、アリアの垂らす蜜が男茎の出っ張りによって掻き出される。最初は粘着質だったその音も悦びが深くなるほどに軽い音に変わり、太ももや臀部がしとどに濡れた。

「私……恥ずかしい」

「我慢するな。全部見せてくれ」

エルガーはアリアの両脚をさらに広げ、己の雄を呑み込んでいる交接部分を眺める。揺するように細かく動くと、アリアは可愛く啼きながらさらに淫水を滴らせた。

「ごめんなさい……私……おかしくなってる」

「おかしくなっていい。たぶん、それが……男と女だ」

アリアは全身をくねらせ、悶え続ける。快感を得ている自分が信じられなかったが、それは紛れもない現実だった。

ズクズクと埋め込まれるほどに感じるそれは生命の悦びに近い。

「んあ、あぁぁ……わ……私……」

「ん？」

「発情……してる……こんなの、普通じゃない……溶ける……」

「ああ、俺たちは発情している……世界中の誰にも負けないくらい発情しているな」

二人は擦れ合う皮膚のあいだから汗を滴らせ、互いの呼吸を貪るように口づけを交わしながら楽園を探す。

アリアは繋がっている部分から自分が溶けていく気さえしていた。

「もう、もう、だめ……」

ずんっと最奥を貫かれた瞬間、とうとう終幕が訪れた。

心臓が止まるのではないかと思うような狂乱のなかで、アリアはエルガーの筋肉がぐっと張るのを感じた。

その直後、彼は唸り声と共にアリアの肩に口づけをする。いや、口づけなどという生やさしいものではなく、もはや食いつかれている感覚に近かった。

エルガーはアリアの上で二度三度と大きく痙攣したあと、繋がりをずるりと抜いた。

アリアの内に出されたものはない。

どれほど願おうと、エルガーにはそれができない。しかしこの繋がりが彼に絶頂感を与えていた。

「エルガー……」

男茎はまだ強く猛ったままだった。吐精しないので興奮が冷めにくいのだ。

胸部を上下させながら荒い呼吸をするエルガーは、すっかり獣化が進んで全身に美しい豹の斑紋が広がっている。そして彼の表情は経験の浅いアリアにも分かるほど、絶頂を迎えた男の満ち足りた表情そのものだった。

「気持ち、よかったですか？」

アリアが思わずそう訊ねたのも、快楽を共有できた確信がほしかったからだ。

「よかったか、だと？　そんな言葉じゃ足りない」

思春期の少年のようなはにかんだ笑顔で答えたエルガーに、アリアは歯を見せて大きく笑った。

第五章　萌芽薫る

　発情期を終えた集落は、新しい季節に向かって騒がしいほどの賑わいを取り戻していった。

　勉強に励む子供たちは「お喋りはこの問題を解いてから！」とジュゼに何度も怒られるほど元気がよく、アリアは庭まで聞こえてくる子供たちの笑い声やらジュゼの怒鳴り声やらを聞きながらいつものように洗濯物を干し終えた。

　朝の家事を一通り終えると、今度は籠に薬草や食べ物を詰めはじめる。

　集落に向かう準備である。今日はエルガーが街で購入してきた野菜の種と塩も、各家に配るために荷物に加えた。

　発情期が終わると共に、アリアの集落訪問も再開していた。

　しばらく訪問を休んでいるあいだ、改めて気がついたことがある。

　みんなが息災でいるか気になったのはもちろんだが、それと同時に道端ではじまる他愛ないお喋りや、獣人たちの飾り気のない笑顔が恋しくなっていたのだ。

本人も気がつかないあいだに、アリアはこの集落の一員として根を張り出していた。

「まったくアリアには驚かされるな」

屋敷を出たところで、薪割りをしていたエルガーに声をかけられた。

エルガーが街に出ているあいだジュゼが力仕事をさぼっていたものだから、帰宅してからこの三日間、彼は薪割りや住居の修繕といった重労働ばかりする羽目になっている。

それでも発情期明けのエルガーの表情は誰が見ても穏やかで、幸せそうだった。

「俺がいないあいだにこんなに村人たちと打ち解けていたなんて、思いもよらなかった」

「部屋に閉じこもって泣いていた方がよかったですか？」

からかうように言いながら、アリアは隣に来て共に歩き出したエルガーを眩しげに見上げる。

先ほどまで斧を振るっていた彼はシャツの下から汗に濡れた肌が覗き、陽光を受けた髪は眩いほど金色に輝いている。

――綺麗な人。

アリアがそう言う前にエルガーに先を越された。

「とても似合っている」

照れくさかったのだろう。秘密を告げるような小声でそう言ったエルガーは、ほんのりと顔を赤くしている。

彼が「似合っている」と言ったのは、アリアの着ている服だった。エルガーが街で購入してきたもので、平服だが今まで着ていた古着と比べるとずいぶん見栄えがする。

この村では街から生活物資を得る機会はごく稀で、それゆえ非常に貴重な時間だが、そんななか彼はアリアのために新しい服と一冊の本を持ち帰っていたのだ。

このささやかな贈り物にアリアは感激すると同時に驚き、本当に彼が自分のために選んだとはしばらく信じられなかったほどだった。

今でこそ気持ちが通い合っている二人だが、エルガーが街に行く前はずいぶんとぎくしゃくした関係だった。そんな状態でも自分を思い出して服屋の前で立ち止まったのだと考えると、改めて彼の情の深さを知る思いだった。

新しい服は夕方のはじまりを思わせる山吹色で、彼女の長い黒髪をよりいっそう美しく見せた。

エルガーから拝借して着用していた男物のシャツがすっかり気に入っていたアリアだが、現在はこの山吹色の服に前掛けを付けている日が多い。

もう一つの贈り物である本は、名もなき詩人が編纂した詩集だった。

屋敷に閉じこもって本ばかりを相手に暮らしていたアリアにとって、この詩集は旧友に再会できたような喜びをもたらした。

「パルナが読み書きの練習をしているんです。今度一緒にいただいた詩集を教材にして……」

言いかけた言葉を途切れさせたのは、そのパルナが前からやってきたからだ。

彼女は音楽が風にのるように大きく上下しながら飛び、アリアたちに気がつくと片羽を優雅に動かして手を振ってみせた。しかし地上に降りてくる時間も惜しいらしく、真っ直ぐに目的地に向かっていく。

パルナの目的地はジュゼのいる場所である。

この時間なら子供たちに勉強を教え終わったジュゼと合流して読み書きの練習をしたり、二人で森に入って花の蜜や木の実を収穫したりすることが最近は多い。

昨日などは夕刻にやってきて、ジュゼの部屋で泊まって朝方に自宅に戻っていった。

今回の発情期でアリアとエルガーが心を重ね合わせたように、パルナとジュゼもまたお互いの心を重ね合わせたのだ。

「パルナったらジュゼに夢中で、すっかり私と遊んでくれなくなったんですよ」

「アリアにはパルナ以外にもたくさん話し相手がいるだろう」

「そうですね。ここに来たばかりの頃と比べると……」

実際、アリアはずいぶんと集落の獣人たちとも打ち解け、通りを歩いている時に話しかけられることも増えた。

特にエルガーが街から戻ってきてからは、他の獣人たちにとってアリアの存在は大きくなっている。彼女がいることで、リーダーであるエルガーの精神状態がずいぶんと良くなっていると多くの者が気づいたゆえである。

指導力があり、頼りにされるエルガーだが、長いあいだ彼の心は壊れたままだった。集落の獣人たちはそれを知っていたが、自分たちも生きていくのに精一杯で誰も彼の孤独を救うことはできなかった。

最近のエルガーは生命力の溢れた目を輝かせている。そこには己をも焼くような憎しみの炎はすでになく、見まがうことのない愛情があった。

「パルナが幸せそうなのは本当に嬉しいんだけど……」

すれ違った熊型獣人の女性と挨拶代わりの立ち話に花を咲かせたあと、アリアは再びパルナに話を戻した。

パルナとジュゼの交際についてどうしても気になっていることがあるのだが、どう言葉にしていいのか分からない。

口籠もったアリアの疑問を察して、エルガーが先回りして答えを告げた。

「あの二人はつがいとなっても体を結ぶことはないだろうな。体格差がありすぎるから物理的に無理だ」

アリアがハッと顔を上げると、彼女の感情をすべて包み込むような穏やかな表情をしたエルガーと視線がぶつかった。

そうなのだ。鳥型獣人のパルナが人間よりも小柄なのに対して黒豹型獣人のジュゼは人間よりも大柄――アリアは同じ女性としてパルナの華奢な体をこっそり心配していた。

エルガーは大丈夫とでも言うように小さく頷いたあと、言葉を続けた。

「たぶんジュゼは肉体的なものは望んでいない。あいつは俺と反対なんだ。俺は去勢されたからこそ、男としてそれをとても重要に感じた。だけどジュゼにとって性欲というのはとても薄っぺらい」

不意にエルガーが足を止め、言葉を探す。金色の美しい瞳は光を失い、底が見えない泉となった。

アリアは彼が過去の記憶をたぐり寄せはじめたのを見て、ただ静かに待った。エルガーにとって過去を振り返るのは簡単ではない。

「俺が鉱山から逃げて……街でジュゼと再会した時、あいつは体を売って生計を立てていた」

エルガーが慎重に発した言葉に、アリアの体が強張った。

「俺と会った時にはもう母さんは肺の病が進行して働けない状態だったんだ……十代前半の逃亡奴隷が金を得る方法なんてそれぐらいしかない。幸か不幸か黒豹型は珍しく、ジュゼは男からも女からも人気があったらしい」

アリアの脳裏で自分がジュゼに犯された夜と、彼が体を売る姿が重なった。

不本意な性行為は死がにじり寄ってくるような絶望感をアリアにもたらした。しかしジュゼはその絶望を金に換えて生きる糧としていたのだ。

時折、ジュゼに感じる近寄り難さや恐怖感はこれだったのかと思う。

ジュゼは心をどこか別の場所に埋めて生きてきたのだ。普段アリアと向き合う時も、彼は心を隠したままだった。

アリアのなかで色々なことが繋がり、ジュゼという男性の苦しみにやっと触れられた気がした。

「アリア、これは特殊なことじゃない。こういう仕事は世界中に溢れていて、若い貧困層が従事する。俺は正直、どんな方法でもジュゼが生き延びてくれていてよかったと思っている。飢えて死んでいたら今はない」

エルガーは大きな両手でアリアの左手をすっぽりと包み込んだ。すると彼女の冷たくかじかんでいた心が温かさを取り戻し、とくりとくりと再び動きはじめる。

「ジュゼは愛情と性欲を結びつけて考えることができない。だから……今思えばひどいことだが、俺は復讐の道具として彼を使うことができた」

「でも……パルナはそれでいいのかしら？」

「俺には分からない。ただ、それはジュゼとパルナが考えていくことだと思う」

さらりとそう言われて、確かにその通りだとアリアは自分のお節介が恥ずかしくなった。どのような形で愛を育んでいくかは、当人たちの問題なのだ。

憎しみのなかから拾い上げた愛情を迷いながらもここまで育てたアリアだから、それは分かっていたはずなのに、つい形に嵌まらぬ二人を心配してしまっていた。

「あ、ぼやぼやしていたら、向こうから迎えに来たぞ！」

不意にエルガーが声を上げた。

見ると集落の一角から獅子型獣人の四兄妹が転がるように駆けてくる。

「どうしよう！　あの子たちってばいつも私に木のてっぺんまで登れって言うのよ！」

子供たちにすっかり懐かれたアリアだったが、人間を見ずに育った子供たちは容赦がない。子守りも獣人並みの体力を要求されるのだ。

「木登りは感心しないな。上手い人間なんか見たことがない」

エルガーは笑いながら子供たちに手を振ると、子守り役を引き受けようと走り出した。


この日アリアはエルガーと共に多くの家を回った。

野菜の種と塩を配り、必要な家には薬草や食べ物を追加で渡し、みんなの体調や相談事を訊いて回り、時にはどうでもいいお喋りに夢中になった。

アリア自身驚いたのだが、集落の人々は以前よりも目に見えてお互いに協力するようになっていた。

目が悪くて家事ができずにごみ溜めのようになっていた狐型獣人の老婆コナナの家は、アリアの訪問を待たずにすっきりと整えられていた。聞けば、家から一切出なかった犬型獣人の若者シッジが時々やってきて掃除を手伝ってくれるのだという。

シッジは人間からの虐待が原因で他人の視線を極端に恐れている。

アリアなどはいまだに扉越しでないと会話ができないのだが、「じろじろ見てこない人が相手だったら、大丈夫じゃないかしら？」と、彼の気分転換も兼ねてコナナの世話を提案したことがあったのだ。

誰ともまともに会話をしようとしない彼だったので、はなから期待していなかったのだが、アリアが知らぬあいだにこの提案は受け入れられていたようだ。

その他の家でも足りない部分を補い合うように、ゆっくりとではあったが村人たちが動き出していた。

ここに集まる者たちは皆、何かしらの生きにくさを抱えている。それぞれ生きていくだけで必死だった。

そんななかに非力な人間が来て村人たちの世話を一方的にはじめたのだ。図らずも彼女の行動は獣人たちに手本を見せることになった。人間なんかの世話にならずとも、という心理的効果もあったのかもしれない。

「何にせよ、アリアは働きすぎだな」

アリアの手を引きながらエルガーは渋い顔で月を見上げる。

夜の空には半分ほど欠けた下弦の月が閑雅《かんが》な光を発していた。

闇は濃いがエルガーの持つランプが二人の周囲をぼんやりと照らしている。

アリアとエルガーが向かうのは集落の裏手にある小さな泉である。

この辺りは水源が豊富であちこちから水が湧き、ささやかな流れを作っている。そのうちの一つを集落の者たちは浴場として利用しているのだ。

とはいっても湧き水を岩で囲んで簡易的に堰きとめただけで自然の泉と変わらない。

一人、戸外で全裸になる勇気のなかったアリアはこの場所のことを知りつつも、いつも盥《たらい》での沐浴で済ませていた。

今日はエルガーに誘われ、人目のない夜なら、という条件付きでここを初めて利用することにしたのだ。

二人共集落の隅々まで動き回って、たっぷりと汗をかいていた。

「私、ティルマティ家にいた頃は屋敷から出たことがなかったので、今は動き回るのが楽しいんです。それにみんな色々なことを教えてくれるんですよ。今日はアカウリの熟成の見分け方を教えてもらいました。本に載っていないことばかり……ちょっ！　エルガー!?」

アリアが悲鳴まじりの声を上げたのは、エルガーが彼女の服を脱がしにかかってきたからだ。

周囲には夜の闇が広がっているとはいえ、彼の前で肌を晒すことにまだ慣れていないアリアは顔を真っ赤にする。

そんな彼女を楽しそうに眺めながらエルガーは自分自身も生まれたままの姿になると、半ば飛び込むように泉に体を沈めた。

水しぶきと共に頭まですっぽりと水に浸かり、再び水面に顔を出した彼は匂い立つような男の色気を纏っている。

彼自身は気がついていないが、ここ数日でエルガーは脱皮でもしたように、全身から生きる喜びを発散させていた。それは表情や声や仕草などにも影響を与えており、自信に満ちた様子は雄の魅力となっている。

「恥ずかしいなら早く来い」

泉を目の前に両手で肌を隠してモジモジとするアリアを、エルガーは長い腕を伸ばして誘う。

確かに水のなかに入ってしまえば肌が隠れるので恥ずかしくないのだが、季節は夏が終わって初秋を迎えている。日中はまだまだ暖かいものの、夜の空気に冷やされた泉に体を浸すのは勇気がいった。

「冷たいぃっっ！」

つま先をほんのちょっぴり水に浸しただけで、アリアは震え上がった。

ティルマティ家では浅く湯を張った風呂で沐浴をしていたものの、水泳の経験もない彼女にとって大量の水に体を浸すということ自体が非日常なのだ。ゆえにあと一歩がなかなか踏み出せない。

「足だけ浸けていると余計に寒いぞ」

「冷たすぎます！　無理です」

「子供みたいだな。分かった。ほら、こうすれば……」

不意にエルガーが全身をブルッと震わせた。その次の瞬間には、彼の全身が金地に黒斑の獣毛に包まれていた。意識的に獣化したのだ。

長く伸びた尻尾が水面をパシャンと叩いたと同時に、エルガーが両腕でアリアを抱き寄せる。

アリアは尻込みしていたことも忘れ、引力に導かれるように男らしい胸に飛び込んでいた。

頬を胸部に擦り寄せ、そこの艶やかな肌触りを思う存分味わう。アリアは短い獣毛に覆われたエルガーの肌を見るのも触るのも大好きだった。

「少しは温かいだろ」

「ん……」

もっと彼の体温を感じたくて、ギュッとくっつく。

そんなアリアをエルガーはしっかり抱えたまま泉の深い場所まで運んでいった。

一度全身を水に浸してしまえば冷たさはさほど感じない。ひんやりとした膜に全身を覆われているようで心地いいぐらいだった。

それでもひとたび寄り添った二人の体は離れようとはしなかった。

「綺麗な模様……私にもこういう獣毛が生えていればいいのに」

「いいや、俺はこっちのアリアがいい。以前は人間と好んでつがう獣人の気持ちが分からなかったが……この肌は離れがたい」

月光が水面に揺れる泉の中央で、二人は甘く静かに囁き合い、どこか焦燥を滲ませた笑みを互いに向ける。

星空を見上げるようにアリアが顎を動かすと、すかさずエルガーが口づけを捧げた。

気持ちを通わせて以来、人目がなくなれば二人はどちらからともなく口づけを求めるようになっていた。今までの人生でたくさんの穴が空いてしまった心には、それが必要だった。

「あなたにさらわれてよかった……」

ぽつりと言ったアリアの言葉に、エルガーは少し驚いたような、困ったような表情を闇に溶かす。

「すまなかった……たくさん傷つけた」

「私を傷つけなければ、あなたは生きてこれなかった」

「弱かったんだ。誰も恨まずに生きていくことだってできたかもしれない」

「人は……そんなに強くありません。愛を知らないうちは特に……」

囁き合う二人のために、世界が息を潜めていた。

口づけは次第に深くなっていき、エルガーの長い舌は彼女の口腔のすべてを丹念に探索していく。

それを終えるとエルガーは水中でアリアの体を抱え上げ、胸の膨らみへと口づけの場所を変えた。

「あぁ……」

彼の舌先が胸の先端をザラリと刺激した瞬間、堪らず嬌声が高まった。

「これがほしいか?」

アリアは細かく呼吸を震わせながら、彼の問いに頷く。

性的に未熟な彼女だが、肉体はこの舌が快楽をもたらすのだと覚えてしまっている。事実、今もざりざりと乳嘴《にゅうし》を舐められると、星の煌めきが全身に広がっていった。

「これ以上すると……止められなくなる」

エルガーは言いながら己の昂ぶりをアリアの腹に擦りつけていた。これを使っていいのかと確認しているのだ。

腹部に押しつけられたその情熱は風に煽られた炎のようにアリアに延焼し、誘惑する。

「エルガー……あなたが……ほしい」

そう言った声は蕩けていた。

実際のところアリアもエルガーも一度交わって以来、もう一度その機会が訪れるのを待ちわびていたのだ。

激しく鳴る鼓動に急かされるよう、二人は水中で全身を擦り合う。

ともすればいきり勃った雄茎がアリアの内側に侵入しそうになるが、エルガーは牙をギリギリと嚙みしめて己を制御した。

「まだだ。お前は狭すぎる……傷つけたくない」

エルガーのそこには微棘がないとはいえ、平均的な人間の大きさを優に越えている。肉体の準備が完全に整わなくては、アリアに痛みしか与えないのは分かっていた。

「よくほぐさせてくれ……そうすればきっといい結合になる」

エルガーは子供をなだめるように彼女の耳元で囁くと、柔らかな肢体を抱きかかえて泉のほとりに連れていった。そして神に供物を捧げるかのごとく平らな大岩に濡れたアリアをそっと横たえる。

「美しいな……」

ぽつりと呟いたあとで、エルガーは愛おしそうに女性らしくくびれたアリアの腹部に舌を這わせ、へそにいくつもの口づけを落とした。そうしながらも獣化で尖った爪を茂みの奥に進め、隠れている花芽を慎重に探る。

敏感な部分に指がほんの少し当たっただけで、期待で愛蜜が湧き出てくる。

「アリア、もっと脚を広げるんだ。こんなになった爪では、よく見えないと危ないだろ」

エルガーは獣化して刃物のように尖った爪を見せたが、彼がどれほど鋭い爪を持っていても、自分を傷つけることはないとアリアはもう知っていた。

言われた通りに両脚を広げてすべてを露わにする。震えるほど恥ずかしかったが、彼にならすべてを見せていいのだと知ってほしかった。

エルガーは飢えた視線で彼女のすべてを舐め見たあと、薄い茂みの奥でひっそりと隠れている秘めやかな部分を爪の中ほどで刺激しはじめた。

蜜で指を滑らせながらくにゅくにゅと押されるほどに快感が細波のように湧き起こり、子宮に溜まっていく。

「そこ……ん、ふっぁ……爪で触られるの、変な感じが……ぁああっ」

「嫌か？」

「嫌じゃ、ない……けど、なんだか……もどかしくて……」

「こっちの方が好みか？」

「あぁ、あ、あ、あ、あ……」

不意にやってきた舌の刺激に、アリアは腰を浮かせて喜悦に体を捩った。

エルガーの舌は人間より長い上によく動く。

彼の舌は手はじめに花芯の根元をぐるりと舐め、次に包皮から敏感な部分をほじり出すように動いた。そして少しずつ圧を加えながら小さな一点に規則的な刺激を送っていく。

「ひぅっ……そこ、ざらざらので……舐めちゃ……ぅっく……」

アリアは呼吸を震わせながら恥ずかしそうに身を捩り続ける。蕩けた彼女の表情が、この舌がお気に入りなのだと告げていた。

「もっと自分で広げるんだ。そんなにビクビクと動かれては、本当に爪で傷つけてしまいそうだ」

「……っ！　いじ、わる……」

エルガーの指示に子供のように可愛く拗ねながらも、アリアはおずおずとそこに指をあてがうと二枚の肉襞を左右に広げてみせる。

蜜が絡んでてらてらと輝く肉襞。慎ましやかに存在している可憐な芯。恥ずかしそうに収斂《しゅうれん》する膣口。全部あなたのものなのだと、アリアは恍惚のなかで獲物になる悦びに戦慄《わなな》く。

「それでいい……」

エルガーは性的な知識の乏しい男だが、すでに愛する女の好みは知っていた。

グルルル……と獣じみた唸り声を喉奥で発しながら、彼は愛おしい女を貪る。

胎内の源泉から溢れ出す蜜をじゅるっと音を立てて舐め取り、長い舌を熟れた隘路へ侵入させた。

「エルガー……あぁぁ……エルガー好き……ぁぁあっ！」

嬌声のあいだに交じったアリアの想いに、彼の丸い耳がピクピクと揺れた。

悦楽の向こう側で黒いふわふわとしたものが揺れるのを見て、アリアはほとんど無意識にエルガーの耳に手を伸ばしてそこを撫でた。

「……っう！」

アリアの高い喘ぎ声にエルガーのくぐもった声が交ざる。

多くの獣人にとって獣耳や尻尾は弱点だ。繊細な器官のため、刺激を感じやすい。人間で言えば皮膚の薄い部分を撫でられているようなものだった。

それを知らないアリアは、まるで舌での愛撫に共鳴するようにくにゅくにゅとエルガーの耳の根元を弄んでいた。

「あ、あぁ……」

「待て……そんな風に触られては……」

　エルガーの訴えはアリアに届かない。

　極みに達しようとしている彼女の膣はヒクヒクと収斂し、快楽を上手く受け止めることだけに集中していた。体のあちこちで花が咲くような感覚——急速に愉悦が膨張していき、アリアは小刻みに体を震わせはじめる。

　同時に耳の根元を愛撫され続けているエルガーもまた、甘い雌の匂いに酔いながら、ともすれば達しそうになっていた。

　それでも彼女が昇りやすいよう舌で膣道を苛み、爪の表面で芯の部分を撫で上げる。

「ああ、あ……気持ちいいの、くる……くるっ！」

　譫言《うわごと》のようにそう言いながら、アリアは藁をも掴むようにエルガーの獣毛に包まれた耳を掴んだ。

「く、ぁ……！」

　不意にアリアの親指が耳孔にやってきて、エルガーの全身に鋭い快感が駆け抜けた。

　まったく予想していなかったことなので、彼自身もその瞬間、何が起こったのか分かっていなかった。

　アリアがビクビクと痙攣しながら昇りつめたとほぼ同時に、エルガーも耳を刺激されて一気に絶頂を得たのだ。

「……エルガー」

アリアはまだ絶頂感から完全に下りてきておらず、エルガーが達したことに気がついていない。それでも彼がずいぶんと満ち足りた表情をしているのは分かった。

今はただそれが嬉しくて、二人は気恥ずかしそうに微笑み合う。

「人並みの性欲なんて、もう二度と感じることはないと思っていたのにな……」

エルガーは誰に聞かせるともなくそう呟くと、まだ痛々しいほどに充満している男茎に視線を向けた。

エルガーのここは一度絶頂を得たからといって、簡単に萎えることはない。吐き出すものがないので、彼の性的興奮が続く限りは猛り続ける。

「愛している人から向けられる欲望が、こんなに嬉しいものとは思いませんでした」

アリアにとってそれはごく自然な言葉だったのだが、エルガーは驚いたようで耳をピンと立たせて、尻尾の毛を膨らませた。

「アリアは……俺を愛しているのか？」

「愛していないとでも思っていたのですか？　あなたとこうしたいと思うのは、そういう気持ちがあるからです」

真っ直ぐに答えたアリアに対して、エルガーは何も答えられずにグルルルと唸り声を上げると自分の両手で顔を隠してしまった。恋愛と無縁な生き方をしてきたので、この感情をどう扱っていいのか分からないのだ。

しかし手のあいだから見える頬は斑紋を浮かべながらも真っ赤だったし、尻尾の先まで立った獣毛も彼の気持ちを代弁していた。

「俺は……お前を愛してもいいのか？　俺にはその資格があるのか？」

この質問にアリアは返事をしなかった。

ただ薄い瞼を閉じて、彼が自分で答えを見つけ出すのを待った。

「アリア……お前を愛したい」

唇がひとたび触れ合えば、アリアの愛とエルガーの愛は簡単に溶け合った。

これ以上ないほど深く口づけを交わしながら、二人はお互いの肉体を擦り合う。

エルガーは彼女の脚を持って左右に開くと、一気に挿入してきた。

「あああぁぁ……」

繋がった瞬間に、アリアの内側ではこれを待っていたのだという充実感が弾けて体中に広がっていく。

アリアはたっぷりと濡れていたものの、やはり彼のものは長大で華奢な肢体が軋むようだった。それでも、もっとほしくて彼の腰に脚を絡ませる。

「嬉しい……」

「ああ、俺もだ……嬉しい」

エルガーはそう満足そうに言い、さらに腰の動きを速めた。

アリアもまた、彼の動きに合わせるように無意識に腰を動かして深く受け止める。

二人の体温が同じになり、汗が混じり、呼吸が重なり、どこまでが自分なのか分からなくなるなかでアリアは自分が咲いていく感覚を楽しんでいた。

自分でも分かるほどに一人の女として体が芽吹き、咲き誇る。

それは高まっていくほどに内側から眩しいほどの煌めきが溢れてくるような感覚で、アリアは愛する人がいること、自分が女性として彼を受け止められることが心から嬉しかった。

「エルガー……すごくいいの……私、もう……」

「まだダメだ……」

不意にエルガーは動きを止めて繋がりを抜くと、彼女の腰を摑んで持ち上げる。

アリアは気がつけば腹ばいになっていた。

すかさず背後からエルガーが臀部の双丘に己の茎を擦りつける。そうしながら細い背中に広がる黒髪を指先に絡め、彼はくぐもった声でゆっくりと語った。

「季節ごとにやってくる発情期が嫌で堪らなかった。男としての機能を奪われ、人を愛する気持ちも忘れた自分が醜くて……何度も死のうと考えた。だが……死ななくてよかった」

「あ、あ、あ、あ……」

エルガーはもう遠慮もせず奥まで進み、子宮の入り口を突き上げ、さらにそこを雄茎の先端で撫で回す。

アリアとエルガーの接合部分からは絶え間なく愛蜜が垂れ落ちていたが、二人とももうそんなことに構う余裕はないほどに快楽を貪っていた。

腰を背後から持たれて規則的に貫かれるたびに、背筋を通って脳まで何か淫靡なものを注入されていく。

背後からの挿入は前からとはまた異なって、体を吊り上げられながら擦られる感じがしたが、それもまたアリアを夢中にさせていた。

「きつ……い……全部吸い込まれそうだ」

荒い呼吸の合間にエルガーが呟く。

その声がどこか楽しそうで、アリアは嬉しかった。

怒りと憎しみばかりで形成されていた男が、自分と体を合わせることによって怒りと憎しみ以外の感情を育てているのだ。

突発的に口づけがしたくなって首を捻ると、そんな思いを見透かしていたようにすかさずエルガーの唇が贈られた。

「アリア……噛みたい。いいか？」

「……え？」

不意にそんなことを言われ、恍惚のなかで思考を働かせる。しかし繋がった部分から絶え間なく快感が押し寄せてきて、頭が上手く働かない。

「首の後ろ……ここを噛みたい。繋がりながら首筋を噛むのは俺たちの本能なんだ。古い時代はそれを婚姻の儀式とした。なるべく痛くはしない」

「婚姻の……」

「俺と……獣人と共に生きてくれ」

アリアの思考はまだ散漫だったが、エルガーと共に生きていく証なのだということだけは分かった。

獣化で鋭い牙が出ているエルガーに首を噛まれるなど、普通に考えると致命傷にもなりかねなかったが、恐怖感はまったくない。

どんな状況であれ、彼が自分を傷つけないのは知っていた。

「噛んで下さい。あなたと共に生きたい」

アリアは自ら髪を掻き上げ、陶磁器のようなうなじを晒す。

エルガーはすぐには噛まなかった。

まず首全体を指でじっくりと愛撫しながら深いところで繋がりを強める。自分の存在をアリアの胎内にまで刻む執拗な抽送だった。

「だ、め……そんなに、しちゃ……気持ちよくて……」

「昇りつめて下りてこられないほど感じろ」

「あっぁぁ……ん、ん……」

エルガーはまだ噛まない。

うなじに唇を当て、浮き上がる血管に沿って長い舌を這わせ、時にチュッと吸い上げる。

下肢の繋がりと共にどんどん敏感になっていくアリアの首筋は汗ばんで赤みを帯び、熟れた果実のようになっていた。

「わ、私、もう……エルガー……」

アリアの尻が上下に揺れ、打ち合った肌がぱちゅんぱちゅんと音を立てる。その音に動物的なアリアの嬌声が重なり、さらにその上にエルガーの唸り声が重なった。

二つの肉体は完璧な一対のつがいとなり、甘やかな終焉《しゅうえん》に向かって同じ階段を駆け上がる。

溜め込んだ愉悦がアリアの肢体を大きく震わせた時だった。

エルガーが愛おしい女の首に牙を立てる。といっても力加減は調節しており、鋭い牙が柔らかな皮膚にめり込んでいくことはない。

絶頂の最中にいたアリアは彼の行動を明確に理解していたわけではなかったが、ピリピリとした圧迫でうなじを噛まれているのだと分かった。

アリアは全身が快楽に染まった状態でそれを受け止め、エルガーもまたこれまで経験したことがないような絶頂感のなかで契りを完璧なものにする。

これ以上噛んでは血が滲むという限界で彼は顔を離し、世界から大切なものを守るようにアリアに覆い被さった。

「……嬉しい」

まだ悦楽の空にふわふわと浮かびながら、アリアは微笑む。

お互い体を離すのが惜しく、大岩の真ん中で強く抱き合ったまま絶頂の余韻に漂っていた。

「痛くなかったか？」

たった今噛んだばかりのうなじを優しく撫で、エルガーは斑紋が美しい全身でさらに強く抱き寄せた。

アリアは静かに首を横に振っただけで言葉を発しない。

二人の呼吸音、強い鼓動、夜風に木々がさわさわと鳴る音——そんな小さな音さえも今は愛おしく、自分の声で邪魔をしたくなかったのだ。

裸でもエルガーの獣毛に包まれていると寒くはない。それどころか得も言われぬ心地よさと甘い倦怠感で、アリアは瞼を下ろしたとほぼ同時に眠りへと誘われていた。

ウトウトとしながらも、アリアは眠ってしまうのが勿体ないとも思う。

それほど今この一瞬が幸せだった。

そして翌日、アリアはエルガーの胸のなかで目覚め、この幸せは一瞬で過ぎ去っていくものではないのだと知ったのだった。

この日を境に、アリアとエルガーは夜の静かな時間を一つの部屋で過ごすようになった。

大抵は夕食を終えると一階の奥に位置するアリアの部屋をエルガーが訪れ、そのまま朝まで抱き合って眠る。

ジュゼの部屋が二階にあり、パルナが泊まっていくことも多くなっていたのでお互いに配慮した結果、自然と一階と二階に分かれたのだ。

男兄弟だけだった場所に女性が二人も増えたのだから必然的に屋敷は華やかな雰囲気になり、時に甘い会話さえ聞こえてくることもあったが、ここは使用人がいる貴族の邸宅というわけではない。

腹を減らさぬために毎日狩りに出なければいけないし、パンも焼かなければいけない。隣の棟に住む孤児たちはぐんぐん成長して日々食べる量が増えているし、服が小さくなれば縫い直す必要もあった。

樹海の奥にある自給自足の村では、たとえ恋が芽生えて愛が花開いても、それをうっとりと堪能している暇などないのだ。

特に本格的な秋を迎えようとしている現在、集落全体で冬ごもりの準備がはじまっている。

樹海の冬がいかに厳しいかエルガーから聞いたアリアは、以前にも増して集落の家々を訪問するようになっていた。

毎年、冬になると栄養が十分摂れずに病気をこじらせたり、厳寒のなか食べ物を探しに出て命を落としたりする村人がいるのだと知った彼女は、集落全体で冬支度を分担できる体制を整えようとしていた。

例えばパルナの家は小柄な女性だけで薪の備蓄が十分にできないが、食べ物の貯蔵をする余裕は十分にある。反対に獅子型獣人の一家は薪割りをする力は十分だが、食欲旺盛な四兄妹がいるために食べ物の貯蔵がままならない。

このような事情を各家で訊いて回っているのだ。

「うちの家のことは心配しなくても大丈夫よ。シッジがよくしてくれているからね。今年は薪も十分にあるわ」

今日アリアが訪ねたのは狐型獣人の老婆コナナの家である。盲目の彼女は初期からアリアの助けを受け入れた一人とあって、今では年齢を越えた友だちの一人だった。

「私はおばあちゃんだけど、人間のあなたと比べれば体力もあるからね」

コナナは皺の多い顔にさらに皺を増やして微笑んだ。

盲目になってしまって以来、清潔とはかけ離れた暮らししかできなかった彼女だが、現在は犬型獣人の若者シッジのおかげでいつもこざっぱりと片付いた部屋で生活ができている。

他人の視線を恐れ他の村人とも交流できずにいるシッジも、コナナにだけは恐怖を感じずにいられて、お互いに家族を喪っていることもあり、親子のような関係を築こうとしていた。

「薬草や備蓄食糧についてもシッジと相談しておいて下さいね。これから網の仕掛けで魚を多めに獲って、干し魚を蓄えていく予定です。もし備蓄に不安があれば遠慮なく言って下さい」

「ありがとう。でもあなた……今は無理しちゃだめよ。体を大切にしなさい」

「え？」

風邪も引かずに元気で過ごしているというのに、突然体の心配をされてアリアは笑顔のままで首を傾げた。

しかしコナナが続けた次の言葉に、その笑みは消える。

「お腹に赤ちゃんがいるでしょ。私は目が悪い分、鼻は特にいいからね」

それからコナナは、妊娠した女性は乳腺が張って甘い母乳の香りがするのだと説明した。

ぼんやりと彼女の言葉を聞きながらも、アリアには自分の状況を理解できるほどの余裕はなかった。

このあとどうやって自分の部屋に戻ったかさえ覚えていない。それほど動揺していた。

妊娠――頭のなかをぐるぐるとその言葉だけが何度も巡っていた。

もちろん断種されているエルガーの子であるはずはない。

たった一度だけジュゼに犯された夜に宿っていたのだ。

(どうすればいいの?)

混乱のなかで感じたのは不安と恐怖だった。

やっと見つけた幸福が瞬く間に消えていくような恐怖。否応なく育っていく命を抱える不安。

エルガーとの子供であればどれほどよかっただろうと思う。しかしそれはあり得ないのだ。

部屋に戻って怖々と腹部に手を置いてみる。

鏡もない部屋なので体型の変化など気にしたこともなかったが、改めて自分の体を観察してみると、へその上辺りが以前よりも明らかに張っているのが分かった。子宮に場所を譲るため、内臓が少しずつせり上がってきているのだ。

実際のところ、月のものは長く止まったままだったし、胸は大きくなってきていた。アリアの肉体はすでに変化しているというのに、妊娠に気がつくのが遅すぎたといえる。

途方に暮れるアリアが縋るように思い出したのは母リディカだった。

リディカが出産したのはゴアと政略結婚をして一年ほど経った頃だった。時期を考えれば、夫婦の愛を育てる間もないまま妊娠に至ったのだろう。

今の自分より若くして出産している母は、胎内に育つ命をどう受け止めていたのだろうかとアリアは思う。

少なくとも記憶にある母は、子供へ愛情を惜しみなく与えていた。もし今生きていたとしても、自分に与えられる愛情は変わらなかっただろうという確信もアリアにはあった。

リディカは不貞を働いていた。その事実は変わらないが、愛のない結婚のなかで子供を守っていたのも事実なのだ。

（私がしっかりしなければ……）

母に愛された思い出が、アリアのなかで眠っていた母性を目覚めさせた。

エルガーにも、ジュゼにも認められない子供なのかもしれない。それでも自分だけはこの子を愛さなければと思う。

たとえ親子二人きりでこの村を出ていかなくてはいけなくなっても、自分が生きている限りは授かった命を守り抜こうと決めた。

「アリア？」

不意にノックもなしに扉が開き、エルガーが顔を覗かせた。

「どうした？　体調でも悪いのか？　こんな暗いなかで……」

「いえ、日が落ちているのに気がつかなくて……」

部屋に戻ってきたのは夕刻前だったが、いつの間にか薄闇が広がっていた。

いつもなら夕食の準備を手伝い、孤児たちと共に食事をしている時間だが、深く考え事に耽っていたのですっかり日課を忘れてしまっていた。空腹さえ感じない。

そんな彼女を心配げに見ながらエルガーは蝋燭を灯したあと、寝台に腰を下ろした。

「何があった？　夕食にも来ないなんて、ジュゼも心配している」

「夕食は今からいただきます」

お腹の子のためにも食事はしっかりと摂らなければ、と思っていると、エルガーの長い腕が伸びてきてアリアを引き寄せた。

「心配事があるなら話してほしい」

二人きりになった時、彼がいつもそうするように抱き寄せて鼻筋でアリアの頬をさする。唇を求められているのは分かっていたが、今のアリアは甘い気分に浸る余裕などなかった。

さりげなくエルガーから離れようとすると、反対に先ほどより強い力で抱きしめられてしまった。

「アリア？」

「私、妊娠しているんです」

どうやってエルガーに話すべきか考えていたはずなのに、のんきな彼の様子に苛立ってつい言葉が出てしまっていた。

世界が膠着《こうちゃく》し、二人を見守る。

次の瞬間、ざぁっと森の方で音がしたかと思うと、小さく開いたままになっていた窓から冷たい風が室内に入ってきた。

その風から守るように、エルガーはもう一度アリアを抱きしめ直した。

「……すまない」

エルガーは怯えたようにそれだけ言った。ごく小さな、今にも泣き出してしまいそうな声で。

「……すまないとは、どういうことですか？」

「本来なら、もっと早くこうなる可能性を話しておくべきだった……獣人男性と人間女性の交接は妊娠確率が高い。そもそもアリアをさらったのは、妊娠させる目的だった」

それを聞いた瞬間、アリアはすとんと納得する自分を感じた。

今までのすべての出来事に対する答え――それが〝復讐として獣人の子を宿す〟ことだったのだと。

カナンシャ王国では結婚前に獣人男性と交わった人間女性は〝汚れた〟と見られることが多い。名門ティルマティ家の一人娘が獣人の子を孕んだとなると、不名誉どころではない。

「……俺はゴアが精神的に壊れるのを見たかったんだ。俺が精神的に壊れたのと同じように……。ジュゼにティルマティ家の娘をさらってくるから孕ませてくれと頼んだ。二、三回犯したあとにゴアのもとに送り返して、ヤツが絶望するのを見届けるつもりだった」

「あなたの計画は途中だったのね」

「ああ……最初はアリアをここに長く置いておくつもりなどなかった。だけど……計画通りにいかなくなった。憎むべきティルマティ家の娘を愛してしまったから」

——愛してしまったから。

アリアはその言葉を大切に胸の奥にしまい深呼吸をする。

妊娠を知った時に感じた不安や恐怖が消えていく。

「本当にすまない。復讐とはいえ我ながらあまりにひどい計画で……妊娠の可能性まで伝えることが怖くなっていた。我ながら憎しみで狂っていたと思う。妊娠したアリアをティルマティ家に戻したら、ゴアは獣人の赤ん坊を殺しただろう。アリアの子供でありジュゼの子供なのに……俺は復讐の道具としか考えていなかった」

アリアはエルガーの言った〝ジュゼの子〟という言葉を持て余しながら窓の向こうに視線を向け、闇のなかで銀色の靄が煌めく様子を眺めていた。

日中に靄がかかっていく様子も美しいが、夜のそれは格別だった。星々の欠片が降るように銀の粒子が闇に舞っている。

「俺は取り返しのつかない罪をアリアに対してもジュゼに対しても犯した」

「エルガーはこの子を罪の子だと思っていますか？」

「俺は……」

アリアは言いよどむエルガーの手を取ると窓辺に導いた。

二人は黙って樹海が世界を銀の幕で覆っていく様子を見つめる。それはあたかも神が世界を祝福しているかのようだった。

「私にとってこの子は運命の子です。私の子であり、ジュゼの子であり、あなたの子でもあると思います。私はこの子を愛します。人間であろうと獣人であろうと、この子を一生愛します。憎しみのなかで実った子なら愛情しか知らぬ子に育てます」

「俺は……俺は……」

エルガーは声を絞り出す。

「断種されたあと、子供なんていらないと自分に何度も言い聞かせた。実際にほしいなんてこれっぽっちも思ったことはなかった。だけど……アリアを愛した時から……子供のいる未来を渇望していた」

エルガーは掠れた声で語りながら、大粒の涙をいくつも落としていた。

希望と絶望と後悔と愛が入り混じった涙は夜に溶けると、希望と愛だけが漉《こ》されて残る。

「アリア、俺はこの子を愛したい……この子の父親になりたいんだ」

喉の奥で嗚咽を上げ、泣き続ける彼をアリアは小さな体で抱き寄せ、言葉にしきれない愛情を唇にのせる。

二人分の涙に濡れた口づけは塩《しょ》っぱくて、生命の味がした。

それから二人は寝台に横になって、やってくる未来をゆっくりと語った。

なかなか止まらなかった涙で彼の目は赤みを帯び、鼻はまだグズグズと鳴っている。

アリアはそんな彼がますます愛おしく、話の途中にもかかわらず何度も口づけをした。

彼女の口づけに励まされるように、エルガーはたくさんの話をした。

普段は決して饒舌な男ではないが、どうどうと流した涙が彼の内側に詰まっていた何かを洗い流していた。

「本当の父親になれるジュゼが羨ましいよ。俺には一生無理なんだと思うとやっぱり子種がないのは悔しい。だけど……もう誰も恨んではいない。不思議だが、体中に詰まって俺を動かしていた憎悪が、今はもうすっかり消えている」

「それはきっと……私を愛してしまったから」

　アリアがそう悪戯っぽく言うと、エルガーは楽しそうに笑って「そうだな」と同意して、鼻先で彼女の額を擦った。

　二人の手はアリアの腹部で重なり、そこに芽生えはじめた真《ま》っ新《さら》な命を愛でる。

　誰も見たことのない未来がそこには育っていた。

第六章　雪涙

「おめでとう、と言っていいのかな？」

翌朝、妊娠の一報を聞いたジュゼは、アリアの予想以上に落ち着いていた。

うっすらと浮かべる微笑は時折見せる〝何を考えているのか分からない〟類の表情で、ジュゼが心をしっかりと隠してしまっていることを意味している。

彼もまたアリアを犯した時点で、こういう日が来ることを覚悟していたのだ。

「生まれてくる子供のためにも〝おめでとう〟と言ってくれたら嬉しいわ」

そう言ったアリアにジュゼは感情の摑めない声で「おめでとう」と言って、彼女の隣に立つエルガーに冴えた金色の目を向けた。

「祝福はするよ。だけど僕ができることはそれだけだ」

ジュゼはそれだけ言うと、樹海の奥に向かって足を進める。

アリアとエルガーとジュゼの三人は早朝から森に足を踏み入れている。三人だけで話し合える場所を求めた結果だった。

　森を進むジュゼの歩みは速い。

「あ！　かかってる」

　突然足を止めたジュゼが嬉しそうに声を上げたかと思うと、その場にしゃがみ込んだ。仕掛けておいた罠にかかっている兎を見つけたのだ。

　この森で捕れる魚と小動物は、集落に住む獣人たちにとって重要なタンパク源である。

　ちなみに人間と獣人族の食生活はほとんど同じだが、家畜を太らせて屠るのは人間だけで、獣人たちの多くは狩りに頼っている。

　単純に家畜を養うには金がかかるのと、獣人たちが狩りに優れているというのが理由だ。

「やっぱり夜に靄が出た次の日は獲物がよくかかっているな」

「ジュゼ、子供の父親には俺がなる。村のみんなにも本当の父親が誰かは隠しておくつもりだがそれでいいか？」

　兎を手に立ち上がったジュゼをエルガーがしっかりと見据えた。

　複雑な生い立ちの子を守るためにも出生の秘密を守る――それがアリアとエルガーで出した答えだった。もちろんジュゼが同意しなければ意味がない。

「もちろんんだ。エルガーが去勢されていることを知っている者はこの集落にはいない。鉱山で奴隷になっていた獣人たちはもう亡くなってしまったからね。みんな自然にエルガーの子供だと思うよ」

ジュゼは身を翻すと、片手に兎を持って次の罠に向かって歩き出す。

まだ朝早い森はいつにも増して静かで、三人の足音だけが木肌に吸い込まれていった。

「こっちの罠にも兎が一羽かかっているけど……」

「小さすぎるな。放してやれ」

「そうだな」

兄弟の判断で二つ目の罠にかかっていた兎は再び自由を得ると、大きな跳躍であっという間に森の奥に消えていった。

古の時代から狩りをしてきている獣人たちは、狩り尽くさないことの重要さを知っている。しかし人間たちの手によって絶滅した動物は多い。

「僕はその子を父親として歓迎することはできないけど、獣人族が一人でも増えることは心から歓迎するよ」

子兎を見送ったジュゼは二人を振り返ると、静かに語りはじめた。

うっすらと銀の靄が滲んだ空気の向こうで、彼の表情から笑みが消えたことがアリアにも分かった。

「獣人は数が減りすぎた。同種や近種でつがうことがどんどん難しくなって、これからは僕とパルナみたいな異種のつがいが増えていくだろう……獣人同士でも型が違いすぎると子供はできない。人間の女性が獣人を産まなければ、近い将来この国から獣人は絶滅する」

「そのことについては、他国の協力を得られるよう手を尽くしている。これ以上、獣人が減らないよう――」

「〝獣人族の救世主〟か。人間を愛しすぎたエルガーが、いつまでその立場でいられるかは疑問だな」

ジュゼの硬質で冷たい声は、兄弟のあいだに石礫《いしつぶて》のように落ちた。

獣人たちの指導者的立場にいるエルガーが、人間の女性を愛したのだ。すべての獣人たち、特に人間に迫害されてきた獣人たちが手放しで歓迎できるはずはないのだと、アリアは改めてその事実を意識した。

「アリア、子供のことも含め、僕たちのあいだにあったことはパルナにも秘密にしておいてほしい」

不意に話しかけられて、アリアは慌てて頷く。

「ええ、もちろん」

「僕たち兄弟はこんな生き方しかできなかった。勝手かもしれないけど、その罪の重さをパルナに負わせたくはないんだ。体を繋げることができない僕とパルナは……まだまだ乗り越えていかないといけないことが多い」

パルナのことを語るジュゼはとても穏やかで柔らかな口調だった。

心を隠して笑顔を作るいつもの彼はそこにはいない。ジュゼはちょっと泣き出しそうな表情で、風に揺れる木々に視線を向けていた。

「僕は自分のことを感情のないバケモノのように感じていた。いつだって心に穴が開いていて、母さんが死んだ時さえ現実を受け止めただけでぼんやりしていたんだ。誰かを愛することなんてないと思っていた。だけど『ジュゼが好きだからアリアに嫉妬している』ってパルナに言われてさ……柄にもなくドキドキした」

「え、私に！」

思わず大きな声を出したアリアにジュゼはおかしそうに頷く。

「パルナとは長いあいだ友だちだったのに、アリアが来たことがきっかけで関係が変わったんだよ。彼女と一緒にいると心の穴が塞がっていくことに気がついた。勝手なのかもしれないけど、僕は……パルナを失いたくない」

ジュゼがパルナとの関係を語るのは初めてだった。

少し頬を赤く染めているジュゼはまるで少年のようで、アリアは彼が初恋をやり直しているのだと分かった。

十代前半のまだ恋など知らぬ年頃から体を売って生きてきたジュゼにとって、図らずも肉欲を封印することが心の穴を塞ぐ方法となったのかもしれない。

もちろんそれは男女の関係としては歪《いびつ》で、ジュゼもパルナも歪である部分をどう受け止めていくか模索していくことになるのだろう。

（大丈夫。みんな幸せになれるはず……）

ほとんど無意識で自分の腹部に手を当て、アリアは祈るようにそう思う。

ふと隣を見るとエルガーも目を細めて弟を見ていた。

つらい過去を経験し、絶望の最果てのような場所で生きていても、みんな恋をして愛を紡いでいる。

人も獣も虫も名もなき草花も、過去から紡がれてきた愛の上で生きているのだ。

◇　◇　◇

樹木を揺らす風が冷たさを増し、秋が深くなると、銀の樹海には枝がしなるほどに果実をつけた木々が見られるようになる。

森が与えてくれる実りは集落の獣人たちだけでは食べきれないほどの量だが、子供たちも総出でなるべくたくさんの収穫を得て、男たちはいつもより狩りに勤しみ、薪を少しでも高く積み上げる。

実りの秋は厳しい冬を生き抜く準備期間なのだ。

「最初は気持ち悪がっていたのが信じられないわね。私より上手！」

アリアの手さばきを見ていたパルナが感嘆の声を上げる。

二人は向かい合って大量の川魚を捌いているところだった。

鱗を剥がし、内臓を出し、綺麗に開いて塩をまぶし、天日干しにする。板きれのようになった干し魚を天井まで積み上げるのが目標である。

「力仕事ができないから、これぐらいは上手にならなくちゃ」

そう答えながら手際よく魚を捌くアリアの腹は、以前よりも格段にふっくらとしている。

彼女はここ一ヶ月ほどで一気に妊婦らしい姿となっていた。

幸い悪阻《つわり》などの症状はあまりなく村人総出の冬支度にも参加している。いや、参加しているというより先頭に立って取り組んでいるといっていいだろう。

「すごい魚の量だな！」

背後で扉の開く音に振り返ったアリアの顔が、一足早く春が来たように輝いた。

「エルガー！」

「待て、いくら我が妻でもその鱗だらけの手で飛びつかれては困る」

駆け寄ろうとしたアリアを制して、エルガーは代わりに大きくなった彼女の腹部にぐるっと長い腕を回して抱き寄せた。

五日ぶりの再会だった。

「魚の匂いしかしないな。だけど腹はずいぶん大きくなった。体はしんどくないか？」

遠い街から帰宅したところだというのに、彼は自分の体よりも妻の体を気遣わずにはいられない。

アリアは口を言葉のために使うよりも、まず口づけのために使った。

アリアからの一番目の口づけを受け止めるのはいつも彼の顎と喉のあいだだ。二番目の口づけでエルガーが屈んでやっと唇に届く。

アリアは唇に届かない小さな自分がもどかしいものの、彼が嬉しそうに腰を屈める仕草が大好きだった。

「夫婦で仲睦まじいのはけっこうだけど、あとにして下さい！」

二人が三度目の口づけを交わそうとしていると、悪戯っぽいパルナの声があいだに割って入った。

エルガーは一瞬だけパルナに視線を送って目配せをすると、やっぱり三度目の口づけをアリアに贈る。

「ったく、エルガーの目尻がこんなに下がる日が来るとは思わなかったよ」

そう言いながら階段を軋ませて下りてきたのはジュゼだ。

彼は先ほどから階段を何度も往復して、大量の乾燥豆や茶葉などを屋根裏に運んでいる。

この時期はどこの家も屋根裏が貯蔵食糧でいっぱいになる。そして春を迎える頃にはそれが空っぽになっているのだ。

「エルガーも戻ってきたことだし、少し休憩しよう」

ジュゼの提案を受けて、作業は一時中断となった。

ジュゼとパルナは暖を求めて居間に向かったが、アリアとエルガーは温かなお茶が入ったカップを手に庭に出た。

戸外の空気は冷えていたが、アリアもエルガーも屋根のない場所に身を置くことが好きだった。

エルガーは隣に座ったアリアが冷えないよう自分の上着をかけてやると、身重の妻を愛おしそうに眺める。

妊娠が分かってから、日々の生活に追われるなかで〝結婚〟という区切りがないまま暮らしてきた二人だったが、エルガーはアリアのことを積極的に〝妻〟と呼ぶようになっていたし、アリアもそれに応えて彼を〝夫〟として認識していた。

「街はどうでした？」

アリアは顔に憂色を滲ませる。

最近は人間と獣人の小競り合いが相次ぎ、エルガーは以前にも増して獣人のために忙しく動き回っている。

このあいだも人間と暴力沙汰を起こして追われた虎型獣人を、この村に匿ったばかりだった。

「人間との衝突が増えて、獣人に対する規制が厳しくなってる。国外に脱出する獣人たちも多くなった」

そう話すエルガーの眉間には深い皺が一つ刻まれている。

身重の妻のそばにいたいのは山々なのに、危険を冒して街に出かけるのは生まれてくる子供のためにまともな未来を築きたいからだ。

これまではゴアへの怨嗟を忘れるために無我夢中で獣人たちの世話をしていたエルガーだったが、今ではもっと冷静な目でこの国の行く末を危惧し、何とかしたいと足掻いていた。

「協力してくれている他国の人間が、王族と会う機会を得られるそうだ。そこで獣人への差別や迫害について話し合うことになっている。いい方向に動くといいが……それより……」

「何か他に心配でも？」

アリアが憂いのこもった視線を向けると、エルガーの長い尻尾が伸びてきて彼女の腰を抱いた。

普段はきっちりと隠してある尻尾だが、今のように温かいお茶の入ったカップを持っていたりする時には意識的に露出させ、第三の手として妻を抱擁できるのだから便利である。

アリアがずいぶんとこの尻尾を気に入っているのだと知って以来、彼は二人きりになると積極的に尻尾で愛を語るようになっていた。

エルガーはお茶の入ったカップを空にしてしまうと、慎重に言葉を続けた。

「ゴアが動いた……アリアの捜索に懸賞金がかけられたんだ」

夫の言葉をアリアはすぐに受け止めることはできなかった。

胸中に泥が溜まっていくような息苦しさを感じながら、来るべき時が来たのだと自分に言い聞かせる。

エルガーが街で得た情報によると、ゴアに請われたアンヤル・ロンシャールが懸賞金を提供し、行方不明になっている花嫁の捜索を本格化させたのだという。

「今までも内々に捜査はしていたようだが、獣人の協力者はいなかった。ゴアが獣人を非人道的に扱っていたことを知っている者は多い。彼に協力する獣人などいなかったが……懸賞金がかけられたとなると話は別だ」

毒を飲み下すように彼の話を聞きながらも、臆病になったアリアの思考がそれでもここにいる限りは安全だと、現実から逃げようとしていた。

しかしすぐにそんな小さな希望さえ砕かれる。

「もうこの村に長く留まるのは危険だ」

エルガーの告げた無情な真実にアリアは頷くことさえできなかった。

そんな彼女をしっかりと抱き寄せ、彼は小さな声で話を続ける。

できる限り穏やかに語ろうとする彼の声色が、妻を慮っているのだと告げていた。

「ここはカナンシャ王国のなかで一番人間が近寄ることの難しい村だ。岩山や川が獣道さえも遮っていて、いくつもの難所を越えなければ辿り着けない。しかし獣人ならば匂いを辿ってここを探し当てられる」

懸賞金ほしさに獣人の協力者が現れる可能性は十分考えられた。いくらゴアの評判が悪くても、日々の生活に困っている獣人は多い。

「この集落を離れて、二人だけで暮らせる静かな場所を探そう」

「あなたは……それでいいのですか？　この集落を離れても……」

そもそも迫害された獣人たちを集め、この集落を作ったのはエルガーとジュゼである。

体の弱い者たちに代わって住居を建て、樹海で生き抜く術を身につけてきた。教師も医師もいない環境で薬草を蓄え、子供たちに教育を施し、集落の一人一人が自立できるよう努力してきたのだ。

　誰よりもこの場所に愛着があるのは彼自身であることを、アリアも痛いほど理解していた。

「お前を愛した時から、いつかこの日が来るのは分かっていた」

　エルガーの言葉にアリアは言葉を詰まらせる。

彼は愛を得たその時から仲間との離別を覚悟していたのだ。しかしそれはあまりに厳しい覚悟といえる。

二人だけで逃亡を続けるならまだいい。仲間と別れ、孤独な旅を生涯続けていくことも可能だろう。

　しかし逃亡中に生まれてくる子供の生活を考えるとあまりにひどすぎた。

仲間はおらず、友だちもできない。安心して街にも村にも身を置けない生活はエルガーやジュゼが辿ってきた道と同じだ。

「外国に……」

半ば無意識で発した言葉を、アリアは慌てて呑み込んだ。

ふと諸外国では獣人族への対応が、カナンシャ王国よりもずっと寛容であるという噂を思い出したのだ。しかもエルガーは外国の獣人保護をする活動家たちと定期的に会っている。

この国で逃亡生活を続けるより、活動家たちを頼って、二人で外国に行った方がいいのではないか？　そんな選択が脳裏を過った。

「……外国に逃げませんか？」

アリアはそれを慎重に声にしてみる。

道に迷ったからあっちに行ってみようという次元の話ではない。言語も違うし、どうやって生活基盤を築けばいいのかも分からない。

それでもエルガーさえいれば、何とかなるという妙な自信がアリアにはあった。

さらわれて以来、アリアの人生は大きく変化し続けている。変化を恐れる気持ちは彼女から消えていた。

「エルガー？」

アリアの問いかけに彼はすぐには答えなかった。

少し顔をうつむけ、長いまつげが輝く金色の瞳を隠している。夕日に照らされて陰影を濃くした彼の横顔は、美しくも苦悩が滲んでいた。

「それはずっと考えていた……考えていたんだ……」

エルガーは言葉を切って、ただ首を横に小さく振った。

「だが獣人族に理解のある外国に住んで、居心地よく幸せに暮らせたとして……俺はそんな遠くからこの国で苦しんでいる仲間たちを救えるのだろうかと思う……この体に刻まれた傷を持つ当事者として、ここにいて同じように苦しむ仲間たちと語るべきではないかと……こんな国でも故郷なんだ。希望のある未来を仲間たちと見据えていきたい」

「……分かりました」

アリアはそれだけしっかりと言って、夫の思いを受け止めた。

人間を愛してもなお、やはりエルガーは〝獣人族の救世主〟なのだ。それが彼の生きる道なら、共に行くしかない。

「明日にはジュゼにこの集落を出ていくことを伝えようと思う。本格的な冬が来る前に、ここから離れた場所に小さな小屋を建て、そこで出産できるようにしよう」

「そんなに急ぐのですね」

「そうだな。捜索隊は明日にでもやってくるかもしれない。早めに動いた方がいい。とはいっても銀の樹海からは出ないつもりだ。そうすればジュゼとパルナも訪ねてこられる」

エルガーの尻尾はさらにアリアの腰に絡まり、手は頭を優しく撫でる。

全身で守られ、子供のように扱われる心地よさを感じながらも、アリアは濃霧のなかで立ち尽くしているような不安を覚えずにはいられなかった。

今から新たに小屋を建てるとなると、体力のある獣人の手をもってしてもごく簡素な住まいになるだろう。そこで厳しい冬を二人きりで乗り越えられるのか、出産がはじまったらどうすればいいのか……。

――怖い。

出かかった言葉は呑み込んだが、その気持ちを察したエルガーは、妻に口づけをすると二人だけの時に使う秘密の言葉を伝える。

「愛している。アリア」

この言葉を使う時、彼はいつも恥ずかしそうに少しだけ頬を赤く染める。

今まで使ってこなかった慣れない言葉を自分のために使ってくれることが、アリアには嬉しかった。

二人の心が溶け合い、臆病になったアリアの内側にエルガーの強さが流れ込んできた。

大切な言葉を体内にまで届けているかのように二度目の口づけは長かった。

「愛してるわエルガー」

◇◇◇

翌日、朝食を終えた二人は、集落を離れるという意思をさっそくジュゼに伝えた。

庭に高々と積まれた薪をまとめようと格闘していたジュゼだったが、エルガーの話を聞いたとたん端整な顔をギュッと強張らせて仕事を放り出した。

「そんなの大丈夫なはずがないだろ！」

せっかく積み上げていた薪がボコボコと音を立てて地面に落ちてしまったが、彼はそれらに見向きもせず、兄の顔を真っ直ぐに見据える。

「いつ本格的な冬になってもおかしくはないんだ。今からこの集落を出るなんて無謀すぎる！」

「捜索に懸賞金がかけられたということは、ここに追っ手がやってくる可能性があるということだ。集落のみんなにも迷惑がかかる」

「この時期に身重のアリアを連れて出ていく方が危険だろう。冬場に二人きりの小屋でどちらかが病気にでもなったら共倒れだ！」

兄弟が言い合うのを、アリアは少し離れて見守っていることしかできなかった。

いつもは飄々《ひょうひょう》としているジュゼが珍しく声を荒らげ、兄と同じ金色の目に怒りを溜めている様子には近寄りがたい迫力がある。

ジュゼの強い反対はエルガーにとっても意外だったようで、言い返す言葉がすぐには出てこずにたじろいでいた。

さらに――。

「アリアは人間ですよ。エルガー」

庭先で三人が対峙するなか、不意に背後で声がした。

声の主はパルナの母イパルナである。その背後には大量の薬草を手に持ったパルナもいる。

今日は親子二人で薬草と薪の交換にやってきたのだ。

「人間の皮膚は獣人族よりも弱いのです。急いで作ったような小屋ではきっと凍えてしまうでしょう。病気になればお腹の子にも障ります」

「エルガーって何でも強引すぎ！　アリアも言いくるめられちゃダメよ」

女性二人に詰め寄られる事態に陥ったエルガーは何も言い返せず、立ち尽くすしかなかった。普段は強い男も、女性にはからっきし弱いのだ。

耳をぺたんと閉じてうなだれる彼の様子は、叱られた子供のようでもある。

「しかし……」と何とか自分の意思を伝えようとしたものの、またすぐにパルナ親子とジュゼに口撃される。

「エルガー、出ていくのは今すぐでなくてもいいでしょう？　地表が凍りはじめたら、捜索隊も樹海深くまではきっとやってきません」

「イパルナの言う通りだ。春になったら暮らしやすい場所を探して、男たち総出で小屋を建てればいい」

「心配ならこの集落のなかに隠れ場所を作っておいてもいいかも。床下なら捜索されても簡単には見つからないでしょう。とにかく今動くのはナシ！　アリアがいなくなったら、この薬草の仕分け、私一人でできないもの」

それからさらにパルナ親子とジュゼはこの時期に集落を離れることがいかに危険かを思う存分語り尽くしたあと、それぞれの仕事を済ませるために解散した。

確かに三人の言い分には一理どころか何理もあった。

カナンシャ王国の冬は歩けなくなるほどの積雪はないものの、降雪は珍しくない。特に銀の樹海がある場所は街よりも標高が高いので冷え込むのだ。

常識的に考えれば、そんな時期に樹海深くまで探索に来るというのは、捜索隊にとっても危険が大きすぎて現実的ではない。

しかもアリアの出産は春が終わる頃だろうと予想されていたが、正直なところそれを信じていいのかも分からなかった。予想より早く出産日が来ることは十分にあり得るのだ。

「ジュゼの協力がなければ、動きたくとも動けないな……」

昼過ぎになって、エルガーは少し諦めがちにそう呟いた。

そしてさらにしばらくすると、この計画はどうやら考え直さなければいけないと二人は悟ることになった。

先駆けはパルナ親子から情報を得た獅子型獣人だった。

彼はわんぱく四兄妹を引き連れて屋敷までやってくると、出産後の女性の負担について訥々《とつとつ》とエルガーに語ったのだ。

「出産が上手くいっても、母体は弱っているんだ。俺の女房は出血が止まらなかったが、それを誰にも相談できなかった。俺が気がついた時にはもう手遅れだった。男だけじゃ分からないことも多い」

彼は出産で命を喪った妻のことを語り、初めての子育ては仲間のいる場所が最適だとエルガーに説いた。そのあいだに四兄妹たちはアリアを囲んで「一緒に遊ぼうね」「お気に入りのおもちゃを貸してあげる」と口々にまだ腹のなかにいる赤ん坊に話しかけていた。

父である獅子型獣人は初めてアリアと会った頃には牙を剝いて威嚇していたというのに、今では彼女の体を気遣っているという事実に、アリアもエルガーも少なからず驚き、喜んだ。

獅子型獣人の一家の訪問が終わると、今度は集落の者たちが次々に屋敷を訪れはじめた。一人去ってはまた一人と屋敷の扉を叩く。

みんなエルガーとアリアがここを出ていくらしいと、パルナ親子から聞きつけたのだ。口々に「出ていくべきではない」と説得を試み、そのたびにエルガーは「集落の安全のため」と理論的に出ていく理由を説明しようとしていたが、なかなか上手くはいかなかった。

この集落からエルガーのリーダーシップが失われることを危惧する者もいれば、出ていくにしても春を待った方がいいと助言する者もいた。

引き止める理由は様々だったが、一番多かったのはただ単純にエルガーもアリアも仲間なのだから、みんなで何とかできるように考えたいというものだった。

今までアリアとそれほど喋ったことがない獣人までやってきて、「出ていってほしくない」と真っ直ぐな気持ちを告げる。

そのたびにアリアはこぼれ落ちそうになる涙を堪えなければいけなかった。すれ違っただけで睨んだり、家に入ることも許さなかった人間嫌いの獣人たちが、これほど自分を受け入れてくれているのだと知り、嬉しくて堪らなかった。

アリアは怒りや悲しみの涙を我慢することは得意だったが、嬉し涙を我慢するのは苦手だった。

みんなが帰ってから、エルガーに心配をかけないようにとこっそり台所の隅で涙を拭った。

その時だった。

コンコンと台所の勝手口を叩く音がした。アリアが台所にいなければ誰も気づかないような小さな音で、最初は風で飛ばされてきた枝が当たったのかと思ったほどだ。

「……アリア？」

遠慮がちな掠れた声が聞こえてきて、ノック音だと改めて気がついた。

アリアが勝手口の扉を開けると、そこには見慣れぬ獣人の青年が立っていた。

「行かないで……」

そう言った声で、アリアはやっと彼の正体に気がついた。

子供の頃の虐待が原因で人の視線を恐れ、家に引きこもっていた犬型獣人シッジである。

最近は盲目の老婆コナナの家に通って彼女を熱心に助けているが、今でも人目が苦手で明るいうちに戸外へ出ることはない。

だからアリアでさえもシッジの顔をよく知らなかったのだ。

自宅のすぐ近くにあるコナナの家に行くだけが精一杯なはずなのに、彼は噂を聞いて夕暮れのなかをここまでやってきたのだと理解したとたん、アリアはこみ上げてきた感情に言葉を失った。

「僕は……アリアがいたから、人間を憎み続けずに済んだんだ。誰かを憎み続けるより、好きな人のことを考えている方がいいって分かった。アリアに……ここを出ていってほしくない」

「……ありがとう」

アリアはほろほろとこぼれ落ちる涙に、それ以上何も言えなくなってしまった。

シッジはアリアの涙を見ておろおろと動揺し、しまいには自分も泣きそうになっていたが、エルガーが自分たちの様子を見守っているのに気がついて逃げるように去っていった。

「あれはアリアに惚れてるな」

青年の背中を見送ったエルガーは余裕たっぷりにそう呟き、独占欲と共に妻を抱き寄せる。

そして愛おしい女の瞳を潤ませ続ける涙に唇を寄せた。

「どうやらこの冬はここで過ごした方がいいようだ」

耳元で小さく呟いた夫の声に、アリアは心からの安堵で微笑まずにはいられなかった。

正直に言えば彼女もやっぱりこの冬は、準備を整えたこの集落で仲間たちと過ごしたかったのだから。

◇　◇　◇

貯蔵庫の天井まで干し魚が積み上がった頃、銀の樹海に本格的な冬が訪れた。

冴えざえと冷えた空気は木々を凍てつかせているが、室内では薪が暖炉で燃え続け、そこに集まる者たちを暖めている。

忙しかった秋に比べ、冬は仲間とゆったりと過ごす日々だった。

近頃のアリアは生まれてくる子のための産着を縫っているのだが、手を動かしている時よりウトウトとしている時の方が多い。

妊婦にもかかわらず吐き気や嗜好の変化などはほとんどなかった彼女だが、腹部が大きくなってくるほどに、気がつけば眠気に負けるようになっていた。

お腹の子がよく動くものだから、夜の眠りが浅くなっているのだ。

「見回りに行ってくる」

妻の瞼がすっかり閉じ、陶磁器のようにつるりと美しい顔に眠りが訪れたのを見届けると、エルガーはジュゼに一声かけてから森に向かった。

この集落に留まることを決めてから、エルガーは樹海の警備を強化している。

今年の冬はまだ降雪がなく、霜の降りる日も少ない。森のなかを見回って歩くのに苦労しない天候だが、それは同時に捜索隊にとっても動きやすい天候といえる。

街で実際に懸賞金に沸き立つ獣人たちの声を聞いているエルガーは、冬でも油断はできないと気を引き締めていたが、同時に集落でみんなに囲まれているアリアを見ていると、これでよかったのだと思えた。

大きなお腹を大切そうに抱え毎日ゆったりと過ごす彼女は、まさに来《きた》る春に備えて冬眠をしているように見えた。満ち足りたその様子は今までの苦労が酬《むく》われた結果である。

もし集落から離れ急いで作った粗末な小屋で暮らしていたら、自分は幾分か安心できていただろうが、アリアはこんな風にのんびりとした時間を過ごすこともできずに心細い思いをしただろう。

味わってきたすべての不幸を背負わせてやろうと思ってさらったはずなのに、今ではアリアの幸せがエルガーの幸せだった。

アリアが妊娠を喜び、出産を心待ちにしているのを見ていると、エルガー自身もどんな子を授かるのだろうかと心が浮き立つ。獣人であろうと、人間であろうと、アリアが産むなら自分の子だという覚悟が彼にはすでにあった。

「これは……」

生まれてくる赤ん坊のための準備について考えたりしながら少し開けた場所までやってきた時、エルガーは不意に歩みを止めた。

すぐに地面に跪いて、落ち葉の積もった地面から灰色の塊を拾い上げる。

それは手の平ほどの大きさで、慎重に持ち上げてみるとほんのりと温かかった。

「……クソッ！」

それが何かを悟ったエルガーは周囲の地面に視線を巡らせ、すぐに探していたものを見つけた。

多くの人の足跡である。

今日のように寒いがまだ地表が凍っていない時期は、土が硬く足跡がつきにくい。そのせいで見逃していたが、注意深く見れば落ち葉を踏みしめたあとがいくつも見つかった。

「畜生！」

真っ直ぐに集落へ向かう新しい足跡を見てエルガーはもう一度悪態を吐き出すと、絶望を追い払うように全力で駆け出した。

大地を蹴り、前方に立ちはだかる大木に爪をひっかけ、半ば跳躍するように集落を目指す。

（みんなを避難させなければ……！）

エルガーが拾った灰色の塊は固形燃料だった。

木炭や石炭の粉を結着剤で固めたもので、火力は強くないがゆっくりと燃える。これを金属の容器に入れておくと、携帯用の保温器具として使えるのだ。

加工されている分、木炭などと比べると非常に高価で、カナンシャ王国では上流階級の人間だけが使える贅沢品だった。

全力で集落を目指しながら、エルガーは己を責めずにはいられなかった。

この時期に捜索隊が来るなら、いつか必ず寒さをしのぐためにたき火をするはずだと考えていた。

そして木を焼《く》べれば煙が立つ。森から得た生木なら特に。

エルガーは村人と協力して、昼夜問わず樹海から上がる煙やその匂いに気をつけていたのだ。捜索隊の動きは分からなくとも、煙さえ察知できれば事前にアリアや村人を避難させられると……！

携帯用保温器具の存在をすっかり失念していたのは、貧しい獣人たちの生活とはあまりに馴染みがなかったゆえである。

アリアを、家族を、仲間たちを、失うわけにはいかない。

彼の脳裏に鉱山でボロボロになって死んでいった父や仲間たちの姿が蘇ってくる。

助けたくても、助けられなかった人たち――目の前で命の火が消えるのを、これ以上見ることなど耐えられない。

(逃げてくれ！　あいつらが来る前に、みんな逃げてくれ！)

木々にぶつかりそうになりながら、最短距離で集落に入る。

今は何も植えられていない耕作地を走り抜けている時だった。

パァーン！

甲高い破裂音が鈍色の空にこだまし、彼の足が止まった。

エルガーはこの音を知っていた。

鉱山で何度か聞いたし、銃弾をその身で受け止めたこともあるのだ。

ぞわぞわと悪い予感が体にまとわりついてくるのを払いのけるように、エルガーは音の発生源に向かう。

すぐに集落の真ん中を抜ける通りで村の獣人たちと人間の一団とが睨み合っているのが見えてきた。

捜索隊はエルガーが想像していたよりも大規模で、揃いの軍服を着ている。

（あれは王室警備隊と……ゴア！）

集団の先頭で銃を構えているゴア・ティルマティを認めた瞬間、エルガーの獣化が一気に最大限まで進み、全身の毛が逆立った。

「……ジュゼ！」

エルガーが弟の名を呼んだのは、ゴアの手に握られている銃口の先に、跪いて血を流すジュゼの姿が見えたからだ。

しかし弟に向かって駆け出した彼の足はすぐに止まった。

高台にある屋敷から集落に続く道を真っ直ぐに駆け下りてくる人物の姿が目に飛び込んできたのだ。

「お父様！　やめて！」

「……アリア！　だめだ！」

自分の命を投げうってでも、時間を止められたらとエルガーは思う。

ヒリヒリと身を焼くような焦燥のなかで、声の限り愛する者の名を呼んだ。

屋敷内にはもしもの時にアリアが隠れられるよう、隠し穴を作ってあった。捜索隊が来た時は、他の者が時間稼ぎをしているあいだに彼女をそこに避難させる手筈だったのだ。

しかし発砲音を聞いて、隠れていられる彼女ではなかった。

ゴアはそれを見越して発砲したのかもしれないと思うと、激しい怒りが血液を煮え立たせる。

「行くんじゃない！」

瞬く間にアリアに追いついたエルガーは、細い腕を掴む。

しかし獣化したことにより伸びた鋭い爪が彼女の皮膚に食い込んだのを見た瞬間、思わず手を緩めた。

「行かせて！　私はあの人と話さなければ！」

エルガーの手が緩んだ瞬間、アリアは再び走り出した。

◇　◇　◇

それはエルガーが見回りに出ていって、しばらく経った頃だった。

真っ青になったシッジが屋敷に駆け込んできて、人間たちがやってきたと告げたのだ。

「俺が話をつける。大丈夫だ。アリアは地下の隠し穴に避難して」

アリアと二人で居間にいたジュゼは冷静だった。

まず隣接する建物に行って孤児たちを落ち着かせたあと一旦戻り、アリアに避難するよう念を押し屋敷を出ていった。

高台にある屋敷からはアンヤル・ロンシャールの率いる王室警備隊の兵士たちが次々と集落の民家に踏み入る様子が見えており、ジュゼは何も言わなかったが、パルナを心配する気持ちは彼の背中から伝わってきた。

もし今の季節でなければ、屋外で作業をしていた獣人が集落に近づく人間の匂いをもっと早く察知できていたかもしれない。

冬場は常に薪を燃やし、暖を取りながら豆を炊いたり、肉を煮込んだりしている。集落全体に立ちこめていた〝冬の匂い〟が人間の匂いを消していたのだ。

一度は避難しようと隠し穴に向かったアリアだが、捜索隊の目的が自分一人であることを考えるほどに、隠れていていいのだろうかと苦慮したのは彼女の性格からすると仕方がないことだった。

パルナ親子をはじめ、この村の者は人間との軋轢《あつれき》で逃れてきた獣人がほとんどである。

自分が隠れ、逃げるほどに、集落の獣人たち――仲間たちに迷惑がかかる。その事実に直面すると、隠し穴に向かう足が自然と止まった。

アリアが銃の発砲音を聞いたのは、そんな時だった。

忘れもしない。エルガーにさらわれた時に聞いた音と同じだった。

あの時ゴアはエルガーだけでなく、標的の手前にいたというだけで熊型獣人を何の躊躇もなく撃っている。そしてエルガーたちの話によれば、母リディカと相手の狼型獣人も……。

気がつけばアリアは走り出していた。

父親の執着を肌で感じ続けてきた彼女には、ゴアが自らここに来ているのは分かっていた。

自分が行かなければさらなる凶行が続く。その前に――。

「アリア、だめだ！」

集落への道を駆け下りると、いつの間にか隣にやってきていたエルガーに腕を摑まれた。

血走った彼の目は「行くな」と懇願していたが、それでもアリアはその腕を振り切って走った。

軍の先頭にいたゴアが娘に気がつき、満面の笑みを浮かべたのがアリアにも見えた。

「お父様！」

村人たちを掻きわけ、前に進み出る。

撃たれたジュゼにパルナが寄り添い、出血部分を押さえていた。

幸いジュゼの意識はしっかりとしており、力強い視線でアリアを見た。

「……隠れてろと言っただろ」

そう言ったジュゼの声にゴアの声が重なる。

「アリア……お前、その腹は……」

ゴアはアリアを凝視していたが、アリアはゴアを見ていなかった。

さらに一歩前に出て、象型獣人が担ぐ輿に座っているアンヤル・ロンシャールを見据える。

アリアと婚約している立場上、こんな樹海の奥地まで来ることになったアンヤルは少々迷惑そうな面持ちだった。

元来この男は争いごとに興味がなく、美しいものだけを愛する平和主義者なのだ。

ゴアに押し切られて手持ちの軍隊を動かすことになったが、ここに至る道程の厳しさから帰り道のことを考えて、ただうんざりとしていた。

「アンヤル殿下、どうぞ軍を引いて下さい！」

アリアは声の限りを尽くして叫んだ。

「私は逃げません！　どこへなりと連れていって下さい！　でもここに住む獣人たちにどうぞ危害を与えないで下さい！　彼らは人間たちに迫害されてきた者なのです。ただ静かに暮らしたいと願っています……お願いです」

アリアは獣人たちの先頭に立ち、声を嗄らしながら語り続ける。

語りながら自分がこの集落で暮らしてきた意味を強く感じていた。

今こそ伝えなければいけない。

「アンヤル殿下、この国は獣人族を非道に扱いすぎました。多くの獣人がこの国を見限って外国に出ていっています。いつかこの国から重労働を担う獣人たちはいなくなるでしょう。あなたのその輿を担いでいる象型獣人だっていなくなるかもしれない……カナンシャ王国のためにも獣人たちへの迫害をやめて下さい」

「迫害？　迫害など……私はそなたを助けに来たのだぞ」

アンヤルとしてはさらわれた姫君を助ける正義の騎士の心持ちであったのだ。

それに迫害という言葉を認められなかったのも仕方がないことだった。

カナンシャ王国では表向きは獣人奴隷が認められていないので、アンヤルをはじめ穏健派の王族は獣人迫害などには関わりがない。

関わりがないというより無関心なのだ。

アリアはその無関心に訴えかける。

「私の父は多くの獣人を強制的に鉱山で働かせていました。無給な上に体罰が横行していたことは、ここにいる豹型獣人が証言できるでしょう」

「ゴアは……この男は、妻殺しの罪を獣人に擦《なす》りつけ、何人もの獣人の命をゴミのように扱ってきた。その上、獣人男性に対する断種計画まで指揮している。獣人への強制去勢は世界的に禁止されているはずだ！」

アリアの言葉を継いだのはエルガーだった。

エルガーはアリアの肩にそっと手を添え、ゴアを見据える。

触れている部分から、ゴアへの憎しみを必死に制御しようとする彼の気持ちがアリアにも伝わってきた。

アンヤル・ロンシャールは薄い眉を歪ませると、その雅やかな表情に不快感を滲ませ、視線をゴアに向けた。

彼の無関心が小さく崩れはじめていた。

しかし名指しされた当の本人は、うっすらと不気味に笑っている。

「アリア……その腹に入っているのは何だ？」

　そう言ったゴアの声は無機質で、まるで虫にでも話しかけているようにどこか投げやりだった。

「お父様、私は子を授かりました。獣人族の子です。あなたの孫です」

「……そうか」

　ゴアの力ない声と銃声が響いたのはほぼ同時だった。

　パァーン！　と大きな破裂音と共に、獣人たちの叫び声が銀の樹海にこだまする。

「エルガー！」

　ゴアが拳銃を向けたのはアリアだった。正確に言えばアリアの腹部だった。

　そして銃弾を受け止めたのはエルガーだった。

　彼はゴアがアリアを子供もろとも殺す可能性を見越し、銃が少しでも動けば自分が盾になるつもりで身構えていたのだ。

　エルガーの腹部から血が噴き出し、大地が赤く濡れる。

「全員殺してやる……」

　ゴアが再び銃を構えた。

「クッソ！」

「やめろジュゼ！」

ここからはすべてが一瞬の出来事だった。

実際、アリアには何が起こったのか分からなかった。

すでに傷を負っていたジュゼがゴアに向かって駆け、その時再び銃声が響いた。それと同時にぐらりと揺れた弟の体を夢中で受け止めたエルガーに銃口が向けられる。

エルガーの長い腕がゴアの胸元を摑んだかと思うと、そこから血しぶきが迸った。

もつれ合う三人、銃声、怒号、悲鳴——。

硝煙《しょうえん》と血の匂いが立ちこめるなか、最初に立ち上がったのはゴアだった。

己の胸部から噴き出る血で赤黒く汚れた彼は、この期に及んでまた銃口をアリアに向けた。

「お腹の子を撃つなら、私を撃ちなさい！」

アリアの前に真っ白な翼が広がる。

パルナだった。

「う、撃つな！　貴重な鳥型獣人だ！」

場違いなほど甲高い声でそう叫んだのはアンヤルである。

パルナの行動を合図に、村の獣人たちが次々にアリアの前に立った。

獣人族の壁がアリアの命を——未来の命を守る。

それでもゴアは興奮で醜く笑いながら引き金を引いた。
カチッと撃鉄の落ちる音だけが重い冬空に響いた。
持ち主に嫌気がさしたのか、銃はその役目を放棄したのだ。
濁った空は人々の悲鳴に耐えかねたように、一粒、二粒と涙雨を地上に落とした。
己が滴らせる血と雨の重さでゴアの体がゆっくりと倒れていく。
アリアは父の最期を見なかった。
ただドサリと大地に伏した音だけを聞いた。

第七章　愛おしき未来へ

「本当にエウリアを連れていくの？」

つい先ほど訊かれた質問が繰り返され、アリアは苦笑と共に改めて自分の考えを語った。

「連れていくわ。この子の記憶には残らないと思うけど、私の育った場所を見せておきたいの。あんな家でも私たちの原点だから」

パルナは観念したように頷くと〝小さな友だち〟との別れを惜しみ、エウリアを抱きしめて花弁よりも柔らかな頬に自分の頬を押しつける。

エウリアは黒い獣毛に包まれた丸い耳をぴくぴくと動かし「ぱーぅ」と〝大きな友だち〟の名前を高い声で呼んだ。

アリアはそんな二人の様子に目を細めながら、着替えや携帯食料など袋に詰め込んだ荷物を確認していく。

アリアは一年と三ヶ月ほど前に獣人の女児を出産した。

獣人たちの習慣に従い母親の名前の一部を取って〝エウリア〟と名付けられたこの子は、アリアに似た白い肌と、エルガーと同じ金髪に黒い耳毛を持つ美しい子だ。

「パルナ、そう引き止めるなよ。親子水入らずの時間も大切だろ。ここじゃエウリアは人気者すぎて忙しい」

そう言ったのは外から戻ってきたジュゼである。

彼は左手を伸ばしてパルナの頭を撫でたあと、続けてエウリアの頭も同じように撫でると水を飲みに台所へ向かう。

左手で水瓶の蓋を開け、左手で柄杓《ひしゃく》を扱い、器用に何でも片手で作業をする彼を心配する者はもういない。

この集落で起こった血なまぐさい出来事で、ジュゼは右腕の機能をほとんど失った。

至近距離で二発の弾丸を受け止めたジュゼは、咄嗟に体を捻って命を守ったものの、肩から腕の腱を断裂したのだ。

そのせいであれから一年以上が経った今も彼の右腕は上がらず、指もほんの少ししか反応しない。

それでも一時期は命の危険さえあったことを思えば、ずいぶん回復したといえる。

片腕だけの生活でずいぶんとパルナを心配させていたジュゼだったが、現在の彼は右手の代わりに尻尾を使って狩りも力仕事もこなすようになっている。

ちなみに同じように腕に障害を持つパルナの母イパルナと、以前にも増して意気投合できたのは不幸中の幸いといったところか。

「アリア、準備はできたか？」

ジュゼに続いて扉から入ってきたのはエルガーである。

アリアは朝日を背負った夫を見て頬をほんのりと赤くした。毎日会っているというのに、ふとした瞬間に見る彼の美しさをアリアは見慣れることがない。

「村のみんなが見送りに集まってきている。これ以上出発が遅くなると、祭でもはじまりかねないぞ」

エルガーはそう言いながらアリアの頬を指先でくすぐったあと、エウリアを抱き上げた。

「がぁ」と彼女なりに父の名を呼んだエウリアは、さっそく手を伸ばして自分とよく似たエルガーの金髪を指に絡ませて引っぱる。

赤ん坊らしい無邪気な仕草だが、アリアは娘がエルガーの耳に触れないようにしていることに気がついていた。

エルガーの左耳は半分以上が欠けている。

ゴアの銃はもみ合いのなかで土埃が銃身に入り、最後に発射した銃弾はエルガーとゴアのあいだで暴発していたのだ。

それによって両者が傷を負い、内臓に損傷を負ったゴアは命を落とした——と表向きはそう処理されているものの、実は致命傷となったのはゴアの心臓に食い込んだエルガーの爪だった。

ゴアの非道を知ったアンヤル・ロンシャールの配慮によって、エルガーは貴族殺害の罪科を免れたのだ。

エルガーは暴発で片耳といくらかの聴力を失った。しかしそれだけで済んだのは幸運と言えよう。彼はその前にアリアを庇って腹に銃弾を受けており、いくら皮膚の強い獣人であろうと暴発を受け止める場所が悪ければ命はなかったのだから。

エウリアが生まれて初めて見た父の姿は、頭と腹に綿布を幾重にも巻いて、寝台に横たわっているというものだった。

驚異的に回復して今では娘と荒々しい遊びもできるようになったが、エウリアは父が傷ついていたことをしっかりと覚えていて、綿布が巻かれていた部分には決して乱暴に触れようとしない。

「それでは行きましょうか」

荷物を手に取ろうとした瞬間、パルナが駆け寄ってきてアリアを強く抱き寄せた。

「アリア、大好きよ」

「パルナ……ありがとう、私も大好き」

二人のやり取りを見ていたエルガーとジュゼが顔を見合わせて笑みを漏らす。

アリアとパルナのあいだに生まれた確固たる友情の出処は彼らも分かってはいるが、正直、男では理解が及ばない部分もあった。

アリアとエルガー、ジュゼとパルナはエウリアの出生の秘密をすでに共有し合っている。

実はアリアの妊娠が発覚した初期から、パルナはもしかするとジュゼの子ではないかと疑っていたのだ。


きっかけはジュゼにアリアの妊娠を告げた日、パルナが三人の頭上からその様子を見ていたことだった。とはいえ会話が聞こえたわけではない。ただ鳥型獣人の視力はかなり優れているので、遠くからでも三人の緊張は見えていた。

そのあとしばらくして母イパルナからアリアが妊娠していると伝えられ、パルナは強い違和感を覚えたのだ。めでたいことなのだから、普通ならジュゼかアリアから直接知らせてもらえるはずなのに、と。

アリアもエルガーも、ジュゼでさえも、心の内に秘密を収めておくのは下手だったと言える。

もやもやとした気持ちのままでいられない性格ゆえ、パルナはすぐに真実を話してほしいとジュゼに迫ったのだが、彼は感情のない笑顔で「そんなわけないだろ」と一言で否定し、素早く殻の内側に隠れた。

そんなジュゼの様子にパルナが疑惑を濃くしたのは言うまでもない。

一転してジュゼが真実を告げることになったのは、ゴアに撃たれて重傷を負ったのがきっかけだった。

「もしジュゼがこのまま死んじゃったら、私はきっとあなたのお墓に毎日話しかけるわ。本当のことを教えてって……」

この時点になると、ゴアが獣人男性の去勢に関わっていたことは皆の知るところだったので、疑惑に想像が加わってパルナは核心に近づいていた。

傷の痛みと発熱で死を意識していたジュゼは、このまま秘密を抱えて死んだら彼女は墓どころか地獄まで追いかけてくるだろうと床に伏せったままながらも観念したのだ。

かくしてジュゼとエルガーの傷が癒えてきた頃、四人は話し合いの場を持った。

エルガーとゴアの因縁。強制去勢。実行されたアリアの誘拐と復讐。

ジュゼが男娼として働いていた過去や、それが原因で肉体的な関係と愛情が繋がらないことも彼自身の口から語られた。

ジュゼが涙を見せたのは、あとにも先にもこの時だけだった。

「僕はとても汚れているんだよパルナ。したたかで……ずるくて……嫌なことや悔しいことと向き合うことができない。母を喪った瞬間から、ずっと目を瞑るように生きてきた。パルナを愛してまともになったと思ったけど、たぶんそれは幻想なんだ」

ジュゼは小さな子供のように涙を流し、パルナは母親のように彼を抱きしめた。

高潔な精神を持つがゆえに怨嗟に苦しんだ兄。彼を助けることで自分の価値を見いだそうとした弟。そんな兄弟を愛した女たち。

その日は真実を共有するだけで精一杯だった。

この先の四人の関係がどうなっていくかなど、誰も分からなかった。お腹の子供をどういう気持ちで受け止め、どう接していけばいいのか……。

そしてアリアが産気づいたのは、まだパルナの心が乱れきっているそんな時だった。

それからはとりあえず感傷を追いやって、パルナも出産の手伝いに専念するしかなかった。

人間が獣人の子を産むのは簡単ではない。胎内で人間の赤ん坊よりも大きく育っている場合や多胎児である場合も多い。

アリアの場合は多胎児ではなかったものの、大きな赤ん坊だったために分娩はすんなりとはいかなかった。

アリアは二日間にわたって苦しみ、死をも意識する陣痛のなかで、最終的には産婆役を買って出ていたイパルナが鉗子代わりの杓《しゃく》を使って取り上げたのだ。

黒豹型のジュゼの血を継いでいるはずなのに、その子は驚くほどエルガーに似ていた。そもそも黒豹型は豹型の突然変異なので、親子であっても遺伝する可能性は低い。そして色をなくせばエルガーとジュゼは兄弟というだけあって似ている部分も多かった。

エルガーとジュゼは黒豹型ではないだろうとある程度予想していたのだが、アリアとパルナにとっては奇跡のように感じられたし、何かしらの意味があるようにさえ思えた。

アリアが命を削るように産んだ赤ん坊は朝から晩まで元気だった。

それに引きかえアリアは満身創痍。そしてジュゼとエルガーも赤ん坊を抱き上げられるほどにはまだ回復しておらず、自然とパルナが赤ん坊の面倒を見る時間が増えていった。

「私もエルガーも子供を作ることはできない。でもこうやって愛している人の子供に触れることができるなんて……不思議だわ」

ある日、パルナはゆっくりとアリアにそう語った。

「正直、ジュゼとアリアの子供だなんて受け入れられないかもって思った。でもこの娘《こ》は可愛い。とっても可愛い……悔しいけど、私はジュゼの子供をこうやって抱いていると幸せなの」

初めてパルナが自分の気持ちと向き合い、それをアリアに伝えた瞬間だった。

何もかもをすんなりと受け入れられたわけではないし、赤ん坊の存在は自分ではジュゼの子を産めないという事実を絶え間なく突きつけてくる。

それでも無垢な赤ん坊の存在はあまりにも神聖で美しく、四人の大人たちがそれぞれに抱える心の澱《おり》を溶かしていった。

「こんなにキラキラしている未来を憎むことなんてできない。それなら愛したほうがずっと楽だわ。ねぇアリア、この子の名前もう決まってる？　私も考えてみていいかしら？」

こうしてパルナはエウリアの名付け親となり、大怪我で思うようには動けない男たちを世話しながら子育てをする日々のなかで、アリアとのあいだにもかけがえのない友情を育てていったのだ。

「一生の別れじゃないんだ。泣き出すのはやめてくれ」

女性の涙が苦手なエルガーが堪らず声をかけた。

アリアとパルナはもう一度互いの頬に口づけをして、瞳に溜めた涙を拭う。

今日はアリアが集落にやってきて以来、初めてここを離れる日である。

ゴアが死んだことにより、一人娘のアリアはティルマティ家の財産を受け継ぐことになった。

すでに鉱山やいくつかの土地など、屋敷以外の私財はアンヤル・ロンシャールを介して国へ収めることを決めている。表向きには国に収めるとなっているが、管理者はアンヤルなので実際に上がってくる利益は彼の私財となるだろう。

これは王族から花嫁を奪ったエルガーに対する免罪と、銀の樹海に隠された集落を見なかったことにしてもらうためのいわゆる賄賂だった。

アンヤルはこれに加え、季節ごとに抜け落ちるパルナの羽を贈るように追加で要望して、一連の事件を表沙汰にすることなく済ませたのだ。

アリアに残された事件の始末は生家の売却のみである。

ティルマティ家の屋敷にはアリア個人の持ち物も含め、良くも悪くも多くのものと思い出が詰まっている。

屋敷を売却するにしても、まずは実際に足を運んで家財の確認をする必要があった。

「アリア、行こう」

エルガーが玄関扉を開けると、集落の者たちが見送りに集まっていた。

一歳の子供を連れているので、旅は通常よりもゆっくりとした道程となる。加えて家財の売却などにも時間を要するので、この集落から一、二ヶ月は離れることが予想されていた。

それを知って一人、また一人と見送りにやってきたのだ。

獅子型獣人の一家やいつもは人目を避けているシッジもいる。

アリアはエウリアを抱いて一人一人と挨拶を交わしていった。

あの事件を経て生まれてきたエウリアは、集落の獣人たちにとっても未来の象徴だった。

当時ゴアの凶行を目の当たりにしたアンヤルは、獣人迫害について調査し、改善していくとみんなの前で約束している。

アンヤルが動いたのは彼が善良な人間だったからではない。

エルガーが長年にわたって他国の活動家たちと協力し合ってきたことで、カナンシャ王国での獣人問題は外交問題にまで発展する可能性が出てきていた。アンヤルは獣人問題に無関心のままでいては穏やかな自分の生活までもが脅かされかねないと、事件を通して改めて感じたのだ。

――きっと、そう遠くない未来にこの国は変わる。

心身共に迫害で蝕まれてきた獣人たちでさえ、エルガーの強さとアリアの愛情には希望を見ることができるようになっていた。

「気をつけて」

「元気で」

「行ってらっしゃい」

別れの言葉を受け止め、何度も何度も手を振って、アリアとエルガーは歩みはじめる。

銀の樹海はすぐに親子を呑み込み、いつものように湿った落ち葉の香りと木々のあいだから漏れる陽光で迎えた。

最初は大人しく抱かれていたエウリアだったが、しばらくすると森の香りにスンスンと鼻を鳴らして自分で歩きたがった。

まだ一歳を少し越えただけだというのに、エウリアは獣人の子らしくしっかりとよく歩く。

幼いゆえにまだ尻尾は出しっぱなしで、岩場の段差を四つん這いになって進む様子は、遠目に見れば獣人というより大きな猫のようだった。

「静かだな」

背後から娘の様子を見守っていたエルガーがぽつりと呟く。

アリアは笑顔で同意すると、歩きながら樹海の静寂を楽しんだ。

集落で暮らしていると、こうして日中に親子三人になることは滅多になかった。

パルナや孤児たち、村人たちが順番でも決めているかのように、エウリアの様子を見に来るのだ。パルナは離乳食の世話までしていたし、子供たちはそれぞれに得意な遊びを披露し、村人たちは熱心に赤ん坊の健康状態や発育状況を気遣った。

おかげでアリアの子育てはずいぶんと楽だったが、家族だけで過ごすひとときが減っていたのは事実である。

もちろん賑やかな状態が嫌なわけではなかったし、静かな時間が長引くほどにみんなが恋しくなるのは分かっているのだが。

「エルガー」

慣れ親しんだ名前を呼ぶ声に自然と甘さが加わった。

以前に比べるとずいぶん聴覚が鈍くなったエルガーだったが、妻が自分を呼ぶ声だけは聞き逃さない。そこに甘い響きが含まれていることも。

エルガーは彼女の手を取ると、宝物を胸に収めるようにそっと抱き寄せる。

「覚えているかアリア……この道はお前を肩に担いでさらった時に通ったのと同じ道だ」

「覚えてないわ。あの時はくたびれ果てていて景色を見る余裕なんてなかったもの。でもあなたのことを怖いとは思わなかった……私がお腹を減らすと、森中から食べ物を集めてきてくれたでしょ。それが美味しくって！」

「食い気で俺を判断していたのか」

エルガーは楽しそうに笑いながら、自分を見上げる妻の白い首筋を鼻先でくすぐった。

そしていくつかの口づけをそこに落としながらエルガーは彼女の匂いを嗅ぐ。聴覚が鈍くなって以来、彼は以前にも増してアリアの匂いを追いかけるようになっていた。

現在の彼女が纏うのは花の蜜のように柔らかで甘い香り――母乳の香りだった。

「連れ去った時は若葉のような香りを漂わせていたよ。清廉で無垢で……ティルマティ家で俺を追いかけてきていた少女と同じ匂いだった。今のアリアはもっと危険な匂いがするな」

「危険な？」

「男を雄にする匂いだ……欲情させられる」

エルガーの声が掠れ、艶を纏う。

こういう彼の声を聞くのはずいぶんと久しぶりで、アリアは初恋でもはじまったかのように頬を赤くした。

事件や出産の混乱と体調の変化で、アリアもエルガーも密度の濃い時間を意識的に避けてきていた。

それはお互いを思いやってのことだが、愛し合う者たちが求め合わずにいられる期間などそう長くはない。

唇を寄せ合う男女の仲を邪魔したのは、悪戯好きな子猫だった。

「がぁー！」

「エウリア！　お前に木登りは早すぎる！」

巨木の幹に長い爪を引っかけ、ガリガリと登りながら得意げに父の名を呼ぶ娘を、エルガーが慌てて助けに行く。

アリアは木々のあいだからこぼれ落ちる光が、エルガーと娘を照らす様子を眺めていた。

同じ色をした髪が風にそよぎ、二人の金色の瞳が太陽を吸い込む。

容姿が似ているというだけでなく、エルガーはこの一年でずいぶん父親らしさを身につけていた。

アリアが娘から夫を取り戻すことができたのは、銀の樹海が闇に包まれてからだった。

昼間によく動き回ったせいで、エウリアは夜闇《やあん》がそれほど濃くならないうちに寝てしまった。

アリアが娘のために魚の身をほぐし終えて顔を上げると、当の本人は食べ物をほおばったまま寝ていたのだ。いかにも体力を限界まで使い果たしたという様子に、アリアもエルガーも声を上げて笑った。

「樹海の真ん中だというのにエウリアは動じないな。度胸があるところは母親に似ている」

「私には度胸なんてないわ」

「では無鉄砲だ」

「それならあなたに似たのでしょう！」

ちょっとした冗談に、二人とも顔を見合わせてもう一度笑った。

実の父子ではないという事実は、もう笑って済ませられるほど二人のあいだでは消化されている。

とはいえ、エルガーが一点の曇りもなくエウリアを受け入れているかどうかはアリアには分からない。しかしわだかまりを抱えていたとしても、それでいいのだと思っていた。

アリア自身、喪った父と母に対し、わだかまりを抱え続けている。

母の不貞、父の狂気。

二人はどれほど自分を愛していたのだろう？　もしかするとそこに愛はなかったのかもしれない、いや、どんな形であろうと愛されていたはず――アリアが一生抱え続けていく答えのない疑問だ。

しかし両親へのこの想いは、もう恨みへと転化しない。両親に愛されたかった、愛したかった。家族が幸せに暮らしていた頃の記憶や両親に対する想いが大切だからこそ、こうして考え続けるのだと気がついたのだ。

エルガーがエウリアの出生について考え続けていくのもまた、断ち切れぬ愛情があるからこそではないかとアリアは思っていた。

「俺たちもそろそろ寝よう」

たき火の炎を弱め、寝床を整えながらエルガーが声をかける。

旅のしやすい季節を選んでいるので、夜になっても気温はそれほど下がっていない。寝心地のいい夜になるだろう。

アリアは誘われるまま彼の腕のなかに収まり、毎晩そうするように口づけを交わした。

一日を労う口づけはいつもなら優しさだけを届けるのに、今晩はそこに色香が加わる。

「アリアの体調が整うまで、いくらでも待つつもりだが……」

彼は妻の耳元でそう囁きながら、そっと自分の肉体を押しつける。

エルガーがこうして生々しい欲望をアリアに伝えたのは出産以来初めてだった。

お互いの体調もあったし、何よりも生まれたばかりの子の育児でそういう気持ちになれない妻の気持ちを彼は汲み取っていたのだ。

もう一年以上も肉体的な結びつきがないままで、アリアはともすれば欲望自体を忘れてしまいそうだったが、ひとたびエルガーの熱に当てられたとたんに、ずくりと自分の内側が疼いたのを感じた。

二人の肉体が共鳴したのは早かった。

アリア自身は自覚する暇もない日々だったが、実際のところ彼女の肉体は飢えていた。

ざらりとしたエルガーの舌を口腔で感じるほどに、乾いた樹木が水を吸い込むようにアリアの体の芯に潤いが満ちていく。

二人の舌は乱暴なほど激しく絡み合い、長く眠っていたお互いの欲望を叩き起こしていった。

「性急すぎるなら言ってくれ」

「大丈夫です。私も……ほしいから……」

恥ずかしそうに発せられた妻の囁きにエルガーはグルルルと獣じみた呻きを上げながら、彼女の下肢に指を差し込んだ。

鋭く伸びた爪を当てないように、隠された花を慎重に開く。

爪の根元でそこをかき混ぜられると、ぐちゅり、と粘着質な音が月光に溶けた。

「俺のために濡れているのか？」

——俺のために。

　確かに女がこうなるのは恋しい相手のためなのだと改めて自覚し、アリアは濡れている自分を喜んだ。

「そう……あなたのために濡れています」

「ならば俺も妻のために尽くさなくてはな」

　エルガーはそう言って妖しく微笑むと、愛液にまみれて光る爪をゆっくりと舐める。

　今からはじまる行為の予感にアリアはぞくぞくと肌を粟立たせ、夫にすべてを任せた。

　エルガーは己を律するようにゆっくりとそれをはじめた。

　まずアリアの服を全部脱がしてしまうと、月明かりに照らされる曲線を目で堪能する。

　出産を経たアリアの肉体は女性らしい丸みを帯び、熟した果実さながらだった。

　次にエルガーは金の瞳に欲望を漲らせ、妻の両脚を高く持ち上げて秘部を夜に晒した。

　あられもない姿にアリアの羞恥は沸き立ったが、期待の方が大きかった。

　まだ何もされていないのに、子宮が疼いて泉を溢れさせる。

「あ……」

　エルガーの舌が溢れた雫を舐め取ると同時に、アリアの切ない声が漏れた。

それからは甘く、狂おしげな声が樹海の空気を揺らし続けた。

硬くしこった敏感な部分をざりざりと舐め上げられながら、アリアは淫らに思う。

これほど自分を満たしてくれる相手はこの世界にエルガーしかいないだろうと。それを確信できるほどエルガーは妻の快感を引き出すことに熱心だった。

細かい突起に覆われた長い舌はほんの少し動くだけで中毒性のある刺激を生む。しかも彼はどうすればアリアが悦ぶかを熟知していた。

「あ、ああ、あぁぁ……気持ちいいの、止まらない……」

ビクン、ビクンとアリアの腰が揺れ、喜悦を全身に届ける。

剝き出しになった肉芽を絶え間なく苛まれては、昇りつめるのも早かった。

「ッ……!!」

言葉にならない嬌声が静寂を裂いた。

久々の絶頂感は想像よりも甘美で、アリアは恍惚感のなかを漂いながら長らくこれを放棄していた自分を恨めしくさえ感じた。

——もっとほしい。

与えられると、いかに自分が渇いていたのかを自覚した。

そんな妻の飢えを感じ取ったのだろう。

「もう少し味わわせてくれ」

金色の瞳をすっと細めてエルガーは妖艶に微笑むと、舌なめずりを一つして再び淫らな口づけをする。

物理的に溜め込むことがないので急ぐ必要はない。彼の欲求の根源は、純粋にアリアを悦ばせることなのだ。

それから彼の舌だけでどれほどの快感を与えられたか、アリアには分からない。

愛撫による三度目の絶頂を迎えたあと、アリアの体はあまりにも敏感になりすぎてほんの小さな刺激さえ何倍にも感じるようになった。そして気がつけば陶酔の極致から下りてくることができなくなっていたのだ。

思考が定まらず、すべてを快楽に支配される。

もうそこには羞恥などなく、ただ動物的な欲求だけが残っていた。

「お願い……挿れて」

あまりに直接的な言葉だったのも、余裕が残されていなかったゆえである。

十分すぎるほどに感じているというのに、エルガーと繋がらなければ体が満足してくれない。それどころか喜悦の果てに押し流されるほどに、彼を求める自分がいた。

「ほしいならしっかり見ていくんだ。俺が入っていく様を」

エルガーはアリアの目の前に己の猛りを晒し、妻の痴情を煽る。

鈴口から透明の液体を垂らすその太茎は、見方によっては凶器のように禍々しい。しかしアリアにとっては唯一無二の褒美だった。

「挿れるぞ」

「あ、あ、あぁぁ……」

「いやらしいな。奥まで引きずり込まれる」

「突い、て……いっぱい」

「仰せのままに」

「ん……ふぁっ！　あぁ!!」

エルガーは妻の両脚を高く上げて自分の肩に担いでしまうと、原始的な動きに身を任せた。

上下に動くその腰遣いは雄々しくも艶めかしい。

アリアの腰も共にダンスを踊るように淫らに揺れた。

彼女の体は挿入の直後から絶頂の境地にあり、今はただ肉欲を貪る雌だった。

小さな瘤を備えたエルガーの男根は、一度その刺激を覚えると癖になるほどの悦楽を生む。

その上、アリアとエルガーの心は様々な困難を乗り越えて一つに溶け合っていたので、肉体的な結合にはこれ以上ない充実感があった。

「アリアのここは……子を産んで出来上がったな」

「え……あぁ……何？」

「凝《こ》っていた内側がほぐれたようだ。肉が絡みついてきてとてもいい……」

「わたしも、どんどん気持ちよくなっ……あぁ！」

ずんっと奥まで貫かれてアリアは言葉を失った。

ビリビリと雷にも似た愉悦が体の芯を駆け上がり、脳髄を痺れさせる。

エルガーとの交接が素晴らしいのは分かっていたはずなのに、こうして改めて体を重ねるとそのよさに二人ともが驚いていた。

「また……イく」

「何度でもイけ。俺がお前にやれるのはそれぐらいだ」

エルガーは切ない慟哭《どうこく》をぶつけるようにアリアを突き上げる。

アリアは快楽の海で溺れ、恋しい男を抱きしめながら絶頂を摑んだ。

妻が恍惚感に漂うのを見届け、エルガーもまた昇りつめていく。

斑紋の浮き出た獣毛を逆立てる彼は、本能に突き動かされる一匹の雄だった。

しかし彼の内から迸るのは本能的なものではなく、もっと精神的なもの——純度の高いアリアへの愛である。

以前は常にどこかで実を成さない行為への虚しさを感じていた。しかしそれはもう彼のなかから一切消えている。

今のエルガーは知っているのだ。

二人の肉体が重なり合うことで煌めくような快楽が生まれる。それは決して当たり前のことではなく、強い絆の結果なのだと。

アリアとの絆さえあれば、エルガーには他に何も求めるものはなかった。

◇　◇　◇

銀の樹海を旅するあいだ、二人は娘が眠るのを待ち、共に体を重ね、愛し合う日々を過ごした。

旅立つ前は思ってもみなかったのだが、仲間たちと離れて過ごすひとときは子連れとはいえ蜜月のような効果があったのだ。

甘い旅路は自然と歩みが遅くなったものの、銀の樹海は迷子にならない程度の嗅覚さえあれば豊かな実りと水源で旅人に優しい道となる。親子三人はそれぞれに屋根のない生活を楽しんだ。

とはいえ、どんな旅でも必ず終わりはやってくる。

ゆっくりと銀の樹海を抜けた三人は、森に囲まれた街道で乗合馬車を拾った。

馬車に乗れば目的地まではあっという間だ。馬車から見える人の往来が多くなってきたかと思うと、気がつけば街に入っていた。

街を突っ切る大通りをしばらく行って、東に曲がると貴族たちの邸宅が並ぶ高級住宅街があり、ティルマティ家の屋敷もそこに位置している。

「エウリアにとっては初めての街だな」

父に抱かれながらも、エウリアは馬車の窓から飛び出さんばかりに街の様子に目を輝かせていた。

樹海の真ん中にいる時も物怖じしない子だったが、人の行き交う風景を見ても彼女は怖がる様子を見せない。それどころか、覚えたての〝バイバイ〟で通りを行き交う人々に女王のごとく愛想を振りまいている。

そんな娘の様子とは対照的にアリアの顔は強張っていた。

ティルマティ家の屋敷は街の中心部からそれほど遠くない場所にあるのだが、アリアは屋敷に幽閉されていた期間が長かったので、この街は初めて来た場所とさほど変わらない。

「街は苦手か？」

表情を硬くしている妻の様子に気がつき、エルガーが声をかける。

彼は獣人たちをまとめている立場上、街に滞在することも多かったので通りの名を覚える程度には慣れていた。

「苦手ではないのですが……こんなにたくさんの人を見るのは神殿に参拝する時ぐらいだったので、なんだか圧倒されてドキドキしています」

「今日は市があるから余計に人通りが多いな。集落の静けさと比べれば騒がしく感じるかもしれない」

「とても活気がありますね。色々な人がいる……」

大通りを進む馬車からは人間たちに交じって獣人たちが行き交う様子——大きな声で話し、時には笑い、時には怒鳴る様子まで見てとれた。

集落とは時間の流れ方が異なっている感じがする。

どちらが良いとか悪いとかではなく、屋敷に閉じこめられて生きてきたアリアにとって、樹海の集落での生活も都会での生活もそれぞれ興味深かった。

馬車は大通りを東に曲がり、高級住宅街へと入っていく。

「この馬車が曲がった反対の方向に行けば貧民窟がある」

「貧民窟？」

「日々の食べ物にも困るような者たちが暮らしている。その多くは獣人だ。俺が街に来る時はこっち側には用事がない。向かうのはあっちだ」

馬車が向かう方向とは反対を指さしたエルガーに誘われるようにアリアは窓から貧民窟がある方角に視線を向けたが、道が細くなっていく様子しか分からなかった。

「街には助けを必要としている人もたくさんいるのね」

「そうだな。何とかしたいとは思うが、俺一人の力でできることなどたかが知れている」

「がぁ！　くー！」

エルガーに大人しく抱かれていたエウリアが突然叫んだのは、馬車が停まったからだ。

彼女が〝エルガー、行くよ〟と訴えたことは獣人独特の幼児語に慣れている二人には理解できた。

「あ、エウリア！」

両親を急かして馬車から降りたエウリアは、エルガーの胸元から飛び下りると四つん這いのままで進みはじめる。

そして何かを見つけたように突然止まったかと思うと、むっちりとした太い脚で立ち上がり、とある屋敷の門扉を両手で摑んだ。

「まぁ……目的地を知っていたみたいね」

「エウリアは勘の鋭いところがあるしな」

エウリアが足を止めたのはティルマティ家の屋敷の前であった。

今は誰も住んでいないそこは、主人を喪ったこの一年ほどのあいだにいくらか荒れてしまったようで、雑草が石畳の隙間から伸びている。

重厚な門扉は少し押すと、軋んだ音を立てながらかつての住人を招き入れた。

アリアは父親が亡くなったあとに財産管理人から受け取っていた屋敷の鍵を取り出し、正面扉を開ける。

天井の高い広間には以前と変わらずシャンデリアが吊るされており、繊細な彫刻が施されたマントルピースが鎮座していたが、どこもかしこも埃っぽい。

不思議な気持ちだった。最後にここに立った時は、王族へ嫁ぐための花嫁姿だったのだ。

「大丈夫か？」

ぼんやりと屋敷を眺めているアリアを慮ってエルガーが声をかける。

冒険したがる娘の手を引きながら、アリアは穏やかな笑顔で夫に頷いた。

もうここには父も母もいない。しかし自分には夫がいて娘もいる。

突風みたいな郷愁のあとには解放感があった。足枷が外れたように体が軽くなり、アリアは歩き出す。

庭を見渡せる居間、巨大な食卓が鎮座する食堂、カビの匂いが立ちこめる図書室――次々にやってくる過去を解放するように窓を開け、空気を入れ替えていった。

長く無人であったため、残念ながら銀食器や装飾品は盗難に遭っていた。

突然主人を喪った使用人が餞別代わりに持って出た可能性もあるだろう。とはいえ家具や書籍、衣類などは手がつけられていない。

一階を一通り見て回ると、アリアの足は自然と自分の寝室に向かった。

十代の多くの時間を彼女は寝室に閉じこもって過ごしたのだ。今となってみればこの場所こそアリアにとっては地獄で、こうして再び足を踏み入れるとなると、どっと過去が押し寄せてきて自分をさらっていくような気さえする。

妙な憂惧《ゆうぐ》に足が竦んだ。

「そこはアリアの部屋か？」

アリアが扉の取っ手を摑んだままでいると、背後からやってきたエルガーが代わって扉を押した。

ところが扉はドンと鈍い音を立てただけで、開こうとはしない。

「鍵がかかっているな」

「そんなはずないわ。この部屋には鍵なんてなかったもの」

「いや、鍵穴がある。新しいものだからアリアが家を出たあとで取り付けられたんだろう」

確かによく見ると、扉にはまだ真鍮の輝きが失われていない小さな鍵穴があった。しかし手持ちの鍵は見るからに大きくどれも合わない。

二人で寝室の扉を押したり引いたりとしばらく頑張った結果、扉を壊すことになった。

エルガーは獣化すると伸びた爪を扉の隙間に引っかける。

大型肉食系獣人族の腕力を最大限に発揮し何度か扉を揺らすと、鍵より先に扉を止めていた蝶番《ちょうつがい》のネジが外れた。

程なくして扉は破壊され、寝室が親子三人の前に広がった。

「何も変わっていないわ。昔のまま……」

白い敷布の掛けられた寝台に、彫刻が施された引き出し。窓のそばに置かれた小さな書き物机と、クッションが少しほころびている椅子。

施錠されているからには何かしらの変化があるはずだとアリアは確信していたのだが、以前と何ら変わらない様子に拍子抜けした。

そんな母親の背後では、悪戯っ子のエウリアが寝台の上で飛び跳ねはじめている。

「やっぱりここがアリアの部屋だったんだな。庭仕事をしていたら時々この窓からちょこっと頭を出して外を眺める姫君が見えたよ」

エルガーは窓を開けて広い庭を見下ろす。

この屋敷は彼にとっても育った場所だが、こうして屋敷の深部に足を踏み入れ、庭を見下ろすのは初めてだった。

「当時の私はあなたの目に自分が映っているなんて思えなかったわ。どんなに話しかけようとしても無視するんだもの」

「言っただろ。話しかけるなと命令されていたんだ。でもあの頃の可愛らしいアリアは覚えているよ」

「あら、今は？」

「それを言わせるか」

エルガーは笑いながら妻を抱き寄せると、いかに現在のアリアが女性として魅力的でひとときも目が離せないかをそっと耳元で打ち明ける。

甘い夫婦の口づけを邪魔したのは、本当にひとときも目が離せないエウリアだった。

「おっ！　がぁー！　みぇぇ！」

「エウリア!?」

「どこにいるの？」

近くで声がしているのに姿が見えない。

すぐに斑紋の入った尻尾が寝台の下から飛び出しているのに気がついて、アリアは悪戯っ子を抱き上げた。

「ちょっと目を離した隙に……あら、そんな板どこから持ってきたの？」

寝台の下から這い出てきたエウリアは、小さな手に長細い板を握りしめていた。

「……アリア、ここを見てくれ。寝台を誰かが動かした形跡がある」

「え？」

エルガーの指さす床を見ると、寝台の脚が置かれた部分にずれたへこみ跡があった。

つまり誰かが寝台を動かしたあと、元の場所に移動させたのだ。

「寝台を動かしてみる」

そう言ったエルガーは屈むと、腕の筋肉をぐっと張らせて寝台の縁を持ち上げた。それほど重くなかったのだろう。少し押しただけで寝台は大きく動いた。

「だっ！　みぇ！」

「エウリア、あなたよくこんなところの板が外れるって分かったわね」

「勘の鋭い子だ」

エウリアが手に持っていた板は床の一部だった。寝台の下の床板が部分的に剥がれ、そこに穴がぽっかりと開いていた。

見ればその隠し穴には、いくつかの布袋が収められていた。

「俺は仲間たちと協力して、ゴアの事業を妨害していた。近年の彼は借金まみれだったはずだが……どうやらいざという時のために資産を隠していたらしい」

布袋の中身を見たアリアは、驚きのあまり夫の言葉がきちんと耳に入っていかなかった。

エルガーが布袋を逆さまにすると、寝台の上にキラキラと眩しい大量の金貨がこぼれ落ちる。

エウリアが自分のものだと言わんばかりに、さっそくそれをおもちゃにして遊びはじめた。

「すごい……執事や使用人、誰も信用できなくて、空き部屋になったここに隠したのね」

「敵の多い男だったからな。何かあった時にはこれを持って逃げる気だったんだろう」

ティルマティ家の財政が逼迫《ひっぱく》していたこともあって、金貨は〝使いきれない〟というほどの量ではない。それでも集落で細々と暮らしてきた二人にとっては、目を見張る大金である。

アリアとエルガーは寝台に腰かけ、娘が金貨で遊ぶ様子を長いあいだぼんやりと眺めていた。

金はいくらあっても困るものではないが、時に人を狂わせる。

ゴア自身も金貨を守るためにこの部屋に隠し穴を作り、鍵を取り付け、使用人が寝静まった頃に一枚も減っていないか確認していたのだろうと考えると、アリアは薄ら寒ささえ覚えた。

「この金貨……困っている人のために使えないかしら？」

アリアがそう考えたのは、ごく自然な流れだった。

エルガーが日々どれほど、迫害されている獣人たちのために腐心しているか見てきているのだ。この金貨も他人のために役立ててこそ、浄財として価値が出るように感じた。

「そうだな……俺に考えがあるんだが……」

「何？」

「ここで暮らさないか？」

エルガーは妻の目を見つめて言ったあと、「アリアが嫌でなければ」と優しい声で付け加えるのを忘れなかった。

思ってもみなかった提案にアリアの思考が止まる。

　エルガーは答えを急かすでもなく、エウリアが金貨で遊ぶ様子を眺めながら、のんびりと妻の考えがまとまるのを待った。

　この家から逃げることができたという思いがあったアリアには、〝戻る〟という選択肢が思い浮かばなかったが、言われてみればそれも一つの方法だった。

　銀の樹海に囲まれた集落の生活は居心地がいい。しかしとても閉鎖的で、人間が排除された特殊な空間だ。

　人間と獣人の子であるエウリアがそこで育っていくというのは、そんな世界に閉じこめることにもなりかねない。

　それにエルガーは他の獣人たちや他国の人間たちと会うため定期的に街を訪れているが、距離があるためにどうしても一、二週間の不在となり、アリアは常々寂しさを感じていたのだ。

「あの集落は人間から隠れるために作った。だけど物事を変えていくには、隠れていてはできないと思っている。前々から獣人と人間が集える場所が必要だと感じていたんだ」

「この屋敷を、獣人と人間が集う場所に？」

「この金貨を資金に……いつかそうなれば、と思うがどうだろう？」

　提案を聞いた瞬間は驚いたアリアだったが、考えれば考えるほど理にかなっているように感じた。

集落で暮らす孤児たちだって、あの場所でしか生きられない者にはさせたくない。

屋敷には多くの部屋と広大な庭があるので、金貨を元手にきちんとした施設を建てることもできるだろう。

「ジュゼやパルナともここで一緒に暮らせるわね」

近い将来の見取り図を思い描きはじめたアリアに、エルガーは穏やかに微笑んだ。

いかにも妻が愛おしくて仕方がないといった笑顔だったが、言葉はしっかりと彼女を諭す。

「ジュゼとパルナがそれを望むなら、だな。二人とも人間と折り合っていけないから、あの集落で暮らしているんだ。彼らには彼らの生き方があって、俺たちには俺たちの生き方がある」

「そうね……私ってばつい……」

「ジュゼもパルナも、あの集落にいるみんなは家族だ。どこにいても縁が切れるわけじゃない」

家族――エルガーがさらりと使った言葉にアリアは心が温かくなっていくのを感じた。

両親のいなくなった埃だらけの屋敷で、エルガーは彼女が一番求めていた言葉を与えたのだ。

アリアは彼の言葉をしっかりと心に収めて頷くと、いつの間にかうとうとと瞼を半分閉じている娘を膝に抱いた。そんな二人をエルガーがさらに抱き寄せる。

大きく開け放たれた寝室の窓から太陽の光が差し込み、親子を優しく包み込んだ。

陽光はゆるやかに光を増しながら、滅びゆく古い世界を等しく照らしていく。

そして新しい世界が輝く。

エピローグ

カナンシャ王国にて開催された第五回国際獣人権利会議において、『獣人族の権利および自由に関する憲章』が採択された。

憲章の草案作成者の代表であるエウリアはまだ三十二歳。弁護士として、獣人権活動家として活躍してきた実績があるとはいえ獣人女性としては目を見張る奮闘ぶりで、近年は〝カナンシャの美徳〟と呼ばれている。

そんな彼女が道を行けば、人間、獣人問わず声をかけられる。

ちょっとした日常の挨拶や困りごとの相談はもちろん、うちの馬車に乗っていけ、多めに採れた野菜をやろう、というのはまだいい方で、時には早く結婚しろなどと少々お節介なものも交じり、彼女を困らせる。

「今は急いでいるのよ！」

エウリアは街のみんなに笑顔で応えながら、両手いっぱいの花束を持って自宅への道を急いだ。

斑紋入りの長い尻尾が出しっぱなしになっているが獣化しているわけではない。エウリアは大人になった今も、気持ちが動転していると上手く尻尾を隠せないのだ。

才女でありながら己の尻尾を操作できない様子はどこか微笑ましく、彼女の親しみやすさとなっている。

「エウリア、急いで！」

「みんな集まってるぞ、あとは花だけだ」

屋敷の門をくぐると、パルナとジュゼが待ちかまえていた。

今日のために樹海の集落から街にやってきている二人は、主役さながらにめかし込んでいる。

エウリアの両親とさほど変わらぬ年齢だからそれなりに歳を重ねているのだが、加齢が容姿に出にくい獣人ということもあっていまだ若々しい夫婦である。

「完璧に準備したはずだったのに、花束の配達を忘れるなんて……わ！　すごい人！」

庭を見渡してそこに人混みができているのを知ると、エウリアはジュゼとパルナへの挨拶もそこそこに風のように走り出した。

今日は特別な日。

いつもは殺風景な会堂も今日は薄絹で飾り付けられ、庭には山ほどの料理が並べられている。

ティルマティ家の敷地内には福祉施設がいくつか建設されており、この会堂もそのうちの一つだ。集まっている人々は、これらの福祉施設を利用してきた老若男女である。

「お母様、これ！」

エウリアは混み合う人々を掻きわけ、花束をアリアに差し出す。

結婚式にふさわしい赤い衣装を身に纏ったアリアは綺羅星のように輝きを発散させていた。

丁寧に結い上げられた黒髪には白いすじがいくつか交じり、目尻にはいつも笑っているように見える皺が刻まれている。

獣人の加齢は見た目に現れにくいが人間はそうではない。人間のアリアは時を肌に刻みながら、幾多の風雪を乗り越えた唯一無二の美しさを手に入れていた。

「ありがとうエウリア」

アリアは少し恥ずかしそうに微笑むと、隣に立つ夫に視線を向けた。

アリアと揃いの衣装を身に着けたエルガーが金色の目を細める。

彼も今日は伸びた金髪を整え、甘い表情で大人の魅力を発散させていた。

「とても綺麗だ」

〝綺麗〟という言葉が母に贈られたものか、花束に贈られたものなのか考え、エウリアは父が花を褒めるはずはないと結論を出してから二人を祭壇に導く。

今日はアリアとエルガーの結婚式――。

エウリアは二十二歳の誕生日に自分の出生の秘密を知った。

なぜジュゼが父親なのか、どのような経緯でそうなったのかもすべて。

父親だと思っていたエルガーが実は伯父であったことに驚きはしたが、両親を恨む気持ちは一つも湧いてこなかった。

アリアとエルガーからの愛情のみならず、ジュゼとパルナからも溢れるほどの愛情を感じて育ってきた彼女は、その理由の奥に隠されていた悲劇を知ることができてよかったとさえ感じたのだ。

これはエウリアが獣人権活動に力を入れるきっかけにもなった。

そしてつい最近、自分の出生にまつわる騒動で、アリアとエルガーが結婚式を挙げていないことに気がついたのだ。

三十年の時を経た今こそ両親の結婚式をしたい。そう願ったエウリアが最初に相談したのは恋人のアシュヴィンだった。

アシュヴィンは人間ながら獣人族の人権保護活動をしており、長年エウリアと共に働いている。

相談された彼はいつも通りの仕事の早さで計画を立て、衣装を提供しよう、食事を準備しよう、祭司をやらせてほしい、飾り付けを任せてほしいという仲間を集めると、今日に至るまでのすべてを上手く取り仕切ったのだ。

「エウリアに任せたのは花束の用意だけだったのにな。まさかそれを失敗するとは思わなかったよ」

エウリアにそうチクリと言ったのは隣にやってきたアシュヴィンである。

エウリアは眉を顰めて「シーッ」と彼に静粛を求めると、両親が祭司のもとに向かうのを見守った。

会堂には獣人のみならず人間も入り交じり、多くの仲間たちが立ち会っている。

もちろんジュゼとパルナもいる。集落から街に下りてきている元孤児たちや、それぞれの家族を伴った獅子型獣人の四兄妹たちもいる。そして妻を連れたシッジも。

誰もがこの一家に愛情を感じている者たちだ。

祭司が結婚を祝い、二人に祝福の言葉を贈る。

アリアがエルガーの唇にそっと口づけをし、エルガーはそれに応える形で妻の首筋を軽く噛む。結婚の誓いは人間と獣人の誓いを融合させたやり方となった。

エウリアは幸せそうな両親に拍手を送り、今日の準備を整えてくれた恋人に礼を言おうと顔を上げた。

アシュヴィンの青い瞳が真っ直ぐにエウリアを見ていた。

「俺たちもそろそろ結婚しないか？」

あとがき

ソーニャ文庫様では初めましての青井千寿《あおいちず》と申します。

すでに私のことをご存じの方は〝エッチなラブコメを書く人〟だという認識があるかもしれません。その通り、私はエッチなラブコメを嬉々として書き、長編小説の最初から最後までを、ち●ち●ぶ●ぶ●的な小学生レベルの下ネタで埋めてしまいたいと願う物書きでございます。

ですので、〝歪んだ愛は美しい。〟という素晴らしいコンセプトがあるソーニャ文庫様と、●ん●ん●ら●らがご縁を頂ける日が来るとは正直思っていませんでした。

この作品『復讐の獣は愛に焦がれる』がソーニャ文庫様のコンセプトに沿っているかどうかは私自身には分かりません。もちろん、レーベル様やレーベルのファンの皆様に求められているものを提供できるのが一番いいのですが、己の書いたものを客観視するのが難しいのが作者なのです。

もし読者様が「あまりソーニャ文庫っぽくないな」と感じられたならそれは大変申し訳ないことですので、せめてこのあとがきで〝歪んだ愛〟について語らせて頂ければと思います。

美しさを感じるほどの歪んだ愛——私の心に浮かぶ作品が二作あります。

まず一つ目がエミリー・ブロンテ『嵐が丘』。もう一つがミュージカルで有名な『オペラ座の怪人』です。

内容は割愛しますが、十代の頃から両作品ともとても好きです。

しかしながら何が魅力なのかと考えても、きちんと説明はできません。

『嵐が丘』のヒースクリフ、『オペラ座の怪人』のエリック共に相手に対する強い愛情を自覚しているのに、一般的に〝こういうことをすれば嫌われる〟ということばかりするのです。

簡単に言えば〝愛情〟というポジティブな感情が少しでも揺らぐと〝憎悪〟などのネガティブな感情が暴走する。心理学でいうところのアンビバレンス——〝好き好き大嫌い〟的な心の矛盾の上にある壊れやすい恋愛なのかなと思います。

もしかすると私は感情の矛盾に翻弄される恋人たちを見ながら、毒矢を受けるような痛みを感じ、それを作品の魅力として受け止めているのかもしれません。

さて、拙作『復讐の獣は愛に焦がれる』にそのような歪みや痛みの魅力があるのかと言えば、それはないと思います。

私が目指したのは反対。〝憎悪〟というネガティブな感情が転じて〝愛情〟というポジティブな感情へと変化するというものです。

私はやっぱり読後に幸せな気持ちになってほしいという気持ちが大きく、大波のような愛が憎しみを砕き、世界が真新しく輝きはじめる物語にしたかったのです。

なのでそのような物語になっていたら私自身は満足です。読者様にも何かしら気に入って頂けたなら、こんな嬉しいことはありません。

最後になりましたが、今作は私のデビューから幾度となく助けて頂いている編集者様とのお仕事となりました。こういうお仕事で長年ご縁が続いているのは本当にありがたいことで、この人に任せておけばなんとか形になるだろうという甘えた態度で作業を進めさせて頂きました。ありがとうございます！

また躍動感溢れる素晴らしいイラストを描いて下さった北燈《きたあかり》様、ワイルド&セクシーにという私のリクエストを完璧に表現していただきありがとうございました。

そしていつも青井千寿を応援して下さる読者様に心からの感謝を。また恋人たちを通してお会いできる日を楽しみにしています。

青井千寿

この本を読んでのご意見・ご感想をお待ちしております。

◆ あて先 ◆

〒101-0051

東京都千代田区神田神保町2-4-7 久月神田ビル

㈱イースト・プレス　ソーニャ文庫編集部

青井千寿先生／北燈先生

復讐《ふくしゅう》の獣《けもの》は愛《あい》に焦《こ》がれる

2022年5月2日　第1刷発行

著　　者　青井千寿《あおいちず》

イラスト　北燈《きたあかり》

編集協力　蝦名寛子

装　　丁　imagejack.inc

発 行 人　永田和泉

発 行 所　株式会社イースト・プレス

〒101－0051

東京都千代田区神田神保町2－4－7 久月神田ビル

TEL 03－5213－4700　　FAX 03－5213－4701

印 刷 所　中央精版印刷株式会社

ISBN 978-4-7816-9722-2

定価はカバーに表示してあります。